MoonLight Girl

달빛소녀와 죽음의 도시

달빛소녀와 죽음의 도시

청소년 판타지소설 십대들의 힐링캠프, 환경

[십대들의 힐링캠프®] 시리즈 NO.55

지은이 | 박기복
발행인 | 김경아

2022년 11월 6일 1판 1쇄 인쇄
2022년 11월 13일 1판 1쇄 발행

이 책을 만든 사람들
책임 기획 | 김경아
기획 | 김효정
북 디자인 | KHJ북디자인
표지 삽화 | 정지란
교정 교열 | 주경숙
경영 지원 | 홍종남

이 책을 함께 만든 사람들
종이 | 제이피씨 정동수 · 정충엽
제작 및 인쇄 | 천일문화사 유재상

청소년 기획위원
정가인, 양태훈, 양재욱

펴낸곳 | 행복한나무
출판등록 | 2007년 3월 7일. 제 2007-5호
주소 | 경기도 남양주시 도농로 34, 301동 301호(다산동, 플루리움)
전화 | 02) 322-3856 팩스 | 02) 322-3857
홈페이지 | www.ihappytree.com | bit.ly/happytree2007
도서 문의(출판사 e-mail) | e21chope@daum.net
내용 문의(지은이 e-mail) | yesreading@gmail.com
※ 이 책을 읽다가 궁금한 점이 있을 때는 지은이 e-mail을 이용해 주세요.

ⓒ 박기복, 2022
ISBN 979-11-88758-56-2
"행복한나무" 도서번호 : 157

달빛소녀와 죽음의 도시

MoonLight Girl

| 박기복 지음 |

행복한
나무

: 프롤로그 :

고이한 감촉

그 사건을 겪으며 문득 어떤 기억이 떠올랐다. 찰나에 스쳐 지나가서 이 일이 벌어지기 전까지는 그런 일이 있었다는 인식조차 없었다. 어느 순간 그 짧은 기억이 방금 겪은 일처럼 되살아났다.

여섯 살, 눈이 무척 많이 내린 다음 날이었다. 아빠는 걸음마를 겨우 뗀 소미를 집에서 돌보고, 나와 엄마는 장을 보러 마트에 갔다. 모처럼 엄마랑 단둘이 나와서 나는 살짝 들떴다. 엄마와 팔짱을 끼고 즐겁게 돌아다녔다. 물건을 사는 재미보다 엄마와 이야기를 나누는 즐거움이 더 컸다.

지하 2층을 한 바퀴 돌고 위층으로 올라가려는데, 에스컬레이터 앞에서 엄마가 멈춰 섰다. 그곳은 먹는 물이 전시된 공간이었다. 집에 정

수기가 있어서 마트에서 물을 사 먹진 않는데, 그날따라 엄마는 물이
전시된 판매대 앞에 서서 한참을 고민했다.

"엄마, 우리 정수기 있잖아?"

내가 물었다.

엄마는 많은 제품 중에서 유독 한 제품을 유심히 살피더니 그 제품
을 가리켰다.

"이게 우리 도시에서 생산하는 제품인데, 건강에 좋다고 소문이 나
서."

엄마는 '샘골건강수'라는 글씨를 손으로 톡톡 건드렸다.

"칫, 언제는 그런 소문은 믿지 말라며?"

내가 입을 삐죽 내밀었다.

"주변에서 하도 좋다고 하니까……."

엄마는 겸연쩍게 웃었다.

살까 말까 잠시 고민하던 엄마는 결국 샘골건강수를 집어 들었다.

"몇 병만 사자."

엄마가 한쪽 눈을 찡긋했다.

나는 키득거리며 엄마를 도우려고 나섰다. 샘골건강수를 집으려고 손을 뻗었다.

손이 닿는 순간, 이질감이 살갗을 파고들었다. 형언하기 어려운 괴이한 감촉이었다. 지금이라면 그때 감촉이 어땠는지 정확히 표현할 수 있지만, 그때는 그저 무섭고 두렵기만 했다. 황급히 손을 뗐다. 내 얼굴이 사색이 되자 엄마가 놀라서 물을 내려놓고 나를 살폈다.

"루미야, 왜 그래? 괜찮니?"

나는 두 손을 꼭 쥔 채 고개를 세차게 옆으로 흔들었다.

엄마는 나와 물을 번갈아 살피더니 내 머리를 쓰다듬었다.

"놀랐구나! 아무래도 안 사는 게 좋겠다."

그 말을 들은 뒤에야 떨리던 맥박이 조금씩 진정되었다.

엄마 뒤를 따라 에스컬레이터에 올라서며, '샘골건강수'라는 상표가 선명한 물병을 다시 쳐다보았다. 섬뜩하게 파고든 이질감은 무엇이었을까? 그때는 전혀 알 수 없었다. 내가 왜 그렇게 두려움에 떨었는지도 이해할 수 없었다. 그때 일 중 맨 처음 떠오른 것은 에스컬레이터 위에서 들었던 이 의문이었다. 당시에는 전혀 이해할 수 없었지만, 이제는 나를 엄습한 두려움이 무엇인지 안다. 그때 겪은 사건이 결코 우연이 아니었다는 것 역시 잘 안다.

어쩌면 내가 모르는 신호들이 그동안 숱했던 것은 아닐까? 단지 내가 그런 신호들을 인식하지 못하고 흘려보낸 것은 아닐까? 지금까지 찾아왔던 신호들을 내가 모두 알아차릴 수 있었다면 어떻게 되었을까?

7

차례

등장인물 소개

이루미
화재현장에서 사람을 구하다 돌아가신 소방관 아빠를 닮아 정의로운 열여섯 소녀. 친구들에게 괴롭힘을 당하는 연화를 못 본 채 한 것에 죄책감을 느끼고, 실종된 연화를 찾기 위해 발 벗고 나선다.

정연화
쓰레기 소각장 마을에 사는 불행한 소녀. 피아노 연주를 잘하고 노래 솜씨도 뛰어나지만 뚱뚱한 외모 탓에 놀림을 당한다. 어느 날 갑자기 화장실에서 실종된다.

강수경
임진서, 유민혜와 함께 정연화를 괴롭힌 이루미 친구. 앞장서서 연화를 괴롭혔고, 연화 실종사건에 관계된 비밀을 숨기고 있다.

임진서
정연화를 괴롭힌 친구 중 한 명. 집에서 괴물에게 공격당한 후 루미와 함께 연화를 찾는 일에 적극 나선다.

이소미
이루미 여동생. 밝고 깨끗한 성격으로, 연화를 구하는 과정에서 언니를 돕는다.

고은별
존재 안에 깃든 신성한 힘을 깨우는 「달빛의 눈」을 지닌 소녀.

황련
현세에 다시 깨어난 고대의 신. 진짜 정체는 비밀에 싸여 있다.

김현과 권민지
외삼촌과 조카 사이. 사냥꾼 집단에 맞서 싸운다.

깜깜한 비가 내리는 날

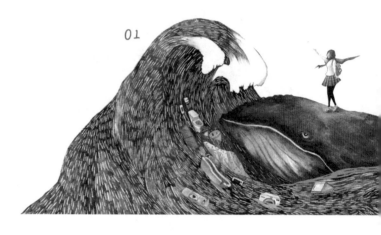

01

바로 전날이 돼서야 위기를 감지했지만, 사건이 벌어질 조짐은 한참 전부터 꿈틀대고 있었다. 솔직히 말하면 중학교 3학년이 된 첫날에 이미 안 좋은 낌새를 느꼈다. 같은 반이라서 조금만 관심을 기울였다면, 사태가 최악으로 번지지 않게 막을 기회는 있었을 것이다. 어리석게도 나는 주어진 모든 기회를 놓치고, 사건이 터지기 직전에야 관심을 기울였다. 그때는 이미 내 힘으로 막기가 어려운 상태였다. 나름 나 자신이 정의롭다고 생각했었기에 내 어리석음을 용서하기가 더 힘들었다. 양심이 길고 날카로운 바늘이 되어 내 심장을 마구 찔러댔다. 죄책감에서 벗어나려면 다른 길이 없었다. 늦었지만 어떡하든 책임져야만 했다. 실마리가 보이진 않지만 모르는 척하며 지내고 싶지는 않았다.

사건 전날은 내가 3학년 2학기 우리 반 회장으로 활동하는 첫날이었다. 여느 때처럼 학교 갈 준비를 하고 느긋하게 밥을 먹다가 선생님 지시를 뒤늦게 떠올리고 벌떡 일어났다.

"왜 그래? 밥은 다 먹고 가야지?"

"선생님이 20분 빨리 오라고 하셨어."

나는 후다닥 방으로 뛰어가서 가방을 챙겨 나왔다.

"이루미!"

엄마가 성을 붙여서 나를 불렀다. 저렇게 부르면 긴장해야 한다.

"멈춰!"

"급하다니까……."

"할 일은 하고 가야지."

나는 엄마를 보면서도 신발을 재빨리 신었다.

"오늘 쓰레기 처리 당번이 누구더라?"

"엄마 나 늦었어. 오늘만 봐줘."

"할 일은 해."

"선생님이 빨리 오라고 했단 말이야."

"그럼 알아서 미리미리 서둘렀어야지."

"깜빡했어. 미안해 엄마. 나 나갈게!"

나는 몸을 돌려 현관문 손잡이를 잡았다.

그때 엄마가 강력한 한 방을 날렸다.

"너 그러면 다음 달 용돈 없어."

나는 손잡이를 놓고, 얼른 엄마가 보이는 쪽으로 다시 나왔다.

"그게 뭔 소리야? 그런 법이 어딨어?"

"집안일에 책임을 다하고 용돈을 받겠다고 한 약속을 벌써 잊었니?"

엄마는 이런 데 아주 철저하다. 동생도 예외가 없다. 숙제는 안 해도 용서하지만, 집안일을 안 하거나 방을 지저분하게 관리하면 가만두지 않는다.

"소미조차 꼬박꼬박 제 할 일을 다 하는데, 언니가 책임을 내팽개치면 되겠니?"

방법이 없었다. 다음 달 용돈이 전부 날아가는 비극은 막아야 했다. 나는 신발을 벗고 재빨리 쓰레기를 모아놓은 곳으로 갔다. 다행히 쓰레기가 그리 많지 않았다. 나는 가방을 메고 왼손에는 종량제 봉투, 오른손에는 재활용품을 들고 현관으로 나갔다. 신발을 신고 현관문을 여는데 엄마가 또 잔소리를 했다.

"오늘 비 온다고 했어. 우산 챙겨 가."

아침에 일어나서 본 바깥 하늘은 맑고 푸르렀다. 비가 올 하늘이 아니었다.

"하늘이 맑은데 무슨 비가 와."

나는 그대로 나가려고 했다.

"챙겨 가라면 챙겨 가. 예전처럼 엄마 일하는데 회사에 전화해서 우산 없다고 찡얼대지 말고."

"늦었다니까, 정말."

나는 투덜대면서도 하는 수 없이 신발장 옆에서 가장 작은 우산을 꺼내 가방에 넣었다.

"언니, 잘 다녀와!"

멀리서 소미가 외치는 소리가 들렸다.

바쁜 마음에 현관문을 서둘러 닫으려고 했다.

"동생이 잘 다녀오라는데 대꾸도 안 하니?"

"그래, 소미 너도!"

"엄마한테도."

"다녀오겠습니다, 어머니!"

나는 자포자기 심정으로 꾸벅 인사를 했다.

"그래, 회장이 됐으니 책임감 있게 행동해."

회장이 된 첫날부터 선생님 지시를 어기게 만들면서 책임감 있게 행동하라니 괜히 심통이 났다. 따지고 싶었지만 더는 지체할 여유가 없었다.

엘리베이터를 기다리는데 엄마가 끝까지 나를 지켜봤다.

"들어가."

"가는 거 봐야지."

이럴 때 보면 또 엄마는 정이 많다.

"참! 주말에 아빠한테 가기로 한 거 기억하지?"

"응, 알아! 근데 왜?"

"친구들이랑 약속 잡지 말라고."

"내가 바본가, 그걸 잊게."

그때 엘리베이터가 도착했다. 나는 쓰레기를 들고 재빨리 탔다. 엄마가 손을 흔들었다. 나는 두 손이 자유롭지 않아서 그냥 웃어주었다. 엘리베이터를 타고 내려가는데, 문득 엘리베이터 문이 닫힐 때 스친 엄마 얼굴이 조금 쓸쓸해 보인다는 생각이 들었다.

'벌써 6년이네, 아빠가 가신 지.'

아빠는 소방관으로 일하다 순직하셨다. 화재현장에서 네 명을 구하고 한 명을 더 구하려고 불 속으로 뛰어들었다가 건물이 무너지는 바람에 돌아가셨다. 쓰러져 우는 엄마 옆에서 나도 하염없이 울었다. 죽음이 뭔지는 몰랐지만, 다시 아빠를 볼 수 없다는 건 알았기 때문이다. 어린 소미는 방긋방긋 웃으며 돌아다녔는데, 그게 사람들을 더 슬프게 했다. 지금 소미 나이는 내가 아빠를 잃었을 때보다 한 살 더 많다. 새삼 시간이 참 빨리 흐르는 것 같다.

아빠가 돌아가셨어도 우리 집 형편이 어려워지지는 않았다. 엄마는 작년에 회사 최고경영자 자리에 오를 정도로 능력이 출중하다. 엄마는 학벌도 좋고, 젊어서부터 업무 능력이 탁월하다고 인정받아 왔다. 외가에서는 그런 엄마가 소방관인 아빠와 결혼하는 걸 탐탁지 않게 여겼다고 한다. 그렇지만 내가 아는 엄마는 누가 반대한다고 결심을 바꿀 사람이 아니었다. 엄마는 자기 주관이 강하고, 옳다는 확신이 들면 타협하지 않는다.

이런저런 생각을 하는데 엘리베이터가 1층에 도착했다. 문이 열리자마자 빠르게 걸었다. 현관을 지나 쓰레기 버리는 데로 곧장 갔다.

"이루미!"

누가 부르는 소리가 들렸다.

나는 쓰레기장으로 가면서 소리 나는 쪽으로 고개를 돌렸다. 같은 반 친구인 진서였다.

"아침부터 뭐 해?"

진서는 3학년이 되면서 같이 어울리는 친구 중 하나였는데, 나와 같은 아파트 단지에 산다.

"보시다시피……."

나는 쓰레기를 살짝 들어 보이고는 쓰레기 버리는 데로 종종걸음을 쳤다. 종량제 쓰레기를 먼저 버리고, 재활용품은 버려야 할 곳에 맞게 분류해서 넣었다. 그 사이에 진서가 내 뒤로 다가왔다.

"이런 일은 파출부를 시켜야지."

진서는 서너 걸음쯤 떨어진 곳에 서서 빨대로 음료수를 마시며 훈수 아닌 훈수를 두었다.

"엄마는, 집안일은 절대 남에게 안 맡겨."

나는 재활용품을 다 정리하고 손을 털며 진서에게 다가갔다.

"CEO까지 됐으면서 너희 엄마도 참!"

진서는 쪽쪽 소리를 내며 음료수를 마저 마시더니 들고 있던 음료수병을 쓰레기장에 대충 던졌다. 화려한 포장지를 두른 플라스틱 음료수병이 빨대와 함께 바닥에 뒹굴었다. 그게 몹시 거슬렸다. 엄마는 플라스틱병에 붙은 포장지와 종이를 전부 떼어낼 뿐만 아니라 색깔 있는 것과 투명한 것, 재활용 가능한 것과 아닌 것을 모두 구별한 뒤에 깨끗이 씻어서 버린다. 어디 가든 쓰레기를 함부로 버리지 못하게 한다. 철두철미한 엄마 성격은 쓰레기 처리에도 예외가 아니었다. 그런 엄마가 지나치게 깐깐하다고 생각하면서도, 엄마 딸이라서 그런지 나도 진서가 하는 짓이 좋아 보이지 않았다. 그렇지만 엄마처럼 잔소리하진 않을 거다. 굳이 싫은 소리를 해서 관계를 긴장으로 몰아넣을 필요는 없으니까.

"왜 이렇게 빨리 걸어?"

같이 가는데 진서가 자꾸 뒤처졌다.

"오늘 쌤이 20분 빨리 오랬는데, 이미 늦었어."

"난 못 따라가겠다. 먼저 가!"

진서는 과장되게 숨을 헐떡거리더니 손을 휘저었다.

"미안! 먼저 갈게."

나는 더욱 빠르게 걸었다. 땀이 나면 화장이 지워지니까 뛰지는 않았다.

3학년 학생부실에는 이미 회장들이 다 모여 있었다. 학년부장 선생님이 하던 말을 멈추고 나를 흘깃 째려봤다.

"죄송합니다."

나는 머리를 조아리며 얼른 빈자리에 앉았다.

"늦게 온 사람이 있으니 다시 말할게."

나는 자세를 바로잡는 척하며 선생님 눈길을 피했다.

"너희도 잘 알겠지만 우리 학교에는 가정형편이 어려운 학생들이 제법 많아."

내가 다니는 학교는 여자중학교인데, 빈부격차가 조금 심한 편이다. 특히 우리 가족이 사는 곳은 산 바로 아래에 자리해서 환경과 경치가 좋고, 면적도 넓고, 부동산 가격도 비싼 고급 아파트 단지다. 웬만큼 잘 사는 곳들과 견줘도 꿀리지 않는 부자들이 많다. 반면에 학교 뒤편 동네에는 가난한 이들이 모여 사는데, 겉으로 보기에도 허름하고 지저분하다. 가장 비싼 아파트와 가장 가난한 동네에 사는 애들이 함께 다니는 학교라서 경제 격차로 인한 갈등이 심심치 않게 벌어지는 편이다. 갈등이 거듭되면서 조금씩 서로 상대하지 않게 되었다. 그런데도 가끔 갈등이 생겼는데, 나는 그런 갈등이 생길 조짐이 보이면 미리 피해버렸다.

"학교에서도 웬만큼 파악하고 있는데, 알다시피 방학이 지났잖아? 방학 중에 안 좋은 일이 터져서 갑자기 형편이 어려워진 학생이 있을지도 몰라. 실제로 1학년에, 아빠가 범죄혐의로 잡혀가고 엄마는 가출하는 바람에 졸지에 돌봐줄 사람이 없어진 사례가 있어. 그런데 그걸 어제 겨우 알았어. 그런 일이 생기면 빨리 알아서 조치를 취해줘야 하는데, 부끄러워서 숨기는 애들이 많아."

선생님이 대놓고 이런 얘기를 하는 게 이상하게 보일지도 모르겠다. 여기 모인 회장들 중에도 집안 형편이 안 좋은 사람이 있을 수 있으니까. 그러나 우리 학교에 그런 일은 없다. 반 회장은 항상 부자 동네에 사는 학생이 도맡는다. 가난한 동네 애들은 하려고 하지도 않고, 하려고 나서도 지지받지 못한다. 설혹 된다고 해도 회장 역할을 제대로 수행하지 못할 것이다. 씁쓸하지만 엄연한 현실이다.

"선생님들도 혹시 모를 변화를 파악하기 위해 노력하겠지만, 아무래도 교실에서 같이 생활하는 너희들이 더 정확하면서도 빠를 거야. 다들 알아서 잘하겠지만 정보를 파악할 때는 대상자가 자존심 상하지 않도록 조심들 하고. 돌봄이 필요한 애들에게 적절한 돌봄을 제공하기 위한 조사니까 회장으로서 사명감을 느끼면서 세심하게 관심을 기울이길 바랄게."

'사명감'이라는 말이 무겁게 다가왔다.

"혹시 질문 있으면 해."

"나빠졌다는 기준이 어느 정도인가요?"

"어떤 기준을 따지지 말고 너희가 보기에 가정형편이 조금이라도 어려워진 쪽으로 변했으면 다 조사해. 판단은 나중에 선생님들이 할 테니까."

이런저런 질의응답이 몇 차례 오가고 모임은 끝났다.

교실로 돌아오면서 조사할 대상을 꼽아봤다. 대략 열두 명이었다. 이름과 얼굴을 떠올리는 게 낯설었다. 그동안 별생각 없이 편한 애들과만 어울렸는데, 그들이 낯설게 느껴질 정도로 선을 긋고 지냈던 나 자신이 새삼 놀라웠다.

"쌤이 뭐래?"

교실에 돌아오자마자 진서가 물었다.

"회장 노릇 잘하라는 뻔한 소리지, 뭐."

"하여튼 쌤들은 그런 말 빼면 할 말이 없나 봐."

자리에 앉은 진서는 가방에서 화장품을 꺼내 책상 위에 늘어놓았다.

"어! 새로 샀나 보네."

수경이와 민혜가 들어오며 진서 화장품에 관심을 보였다.

나는 내 생각에 빠져 건성으로 감탄해 주고, 교실을 둘러보며 회장에게 주어진 첫 임무를 어떻게 수행할지 고민했다. 애들은 한참 동안 화장품을 들었다 놨다 하면서 담임 선생님이 들어올 때까지 시끄럽게 놀았다. 조회가 끝나고 곧바로 수업 종이 울렸다.

수학 선생님이 수업에 들어가려는데 뒷문이 열렸다. 문이 꽉 찰 만큼 거대한 몸집, 연화였다. 얼굴이 빵처럼 부풀어 올라 본래 얼굴이 어땠는지 기억나지 않을 지경이었다. 전에도 풍풍하긴 했지만 저 정도는 아니었다. 도대체 방학 동안에 무슨 일이 있었기에 저렇게 살이 쪘을까? 조금 과장을 보태면 몸집이 두 배는 부풀어 오른 듯했다. 연화는 몸집만큼 큰 가방을 내려놓더니 작은 의자에 털썩 주저앉았다. 여기저기서 놀림과 비웃음이 뒤섞인 속삭임이 퍼져나갔다. 선생님이 가볍게 교탁을 두드리자 수군거림이 잦아들었다. 선생님은 연화를 슬쩍 보더니 아무렇지도 않게 수업에 들어갔다.

수학 수업을 하는데 자꾸 연화 쪽으로 눈길이 갔다. 책상과 의자가 유난히 작아 보였다. 연화는 2학년 때까지는 삐쩍 마른 몸매였다. 몸이 워낙 말라서 별명이 '걸어 다니는 갈대'였을 정도다. 그랬던 연화가 2학년 겨울방학을 보내면서 엄청 살이 쪘다. 빵이 부풀어 오르듯이 몸이 부었다. 원래 입던 교복이 안 맞아서 낡아빠진 옷을 입고 다녔는데, 뒤늦게야 학교 지원으로 몸에 맞는 체육복과 교복을 맞춰 입을 수 있었다.

갑자기 뚱뚱해져서 나타난 연화를 수경이는 "괴물"이라고 부르며 심하게 놀려댔다. 수경이는 2학년 때 연화와 같은 반이었다. 안면이 있으니 놀림거리를 쉽게 찾아낸 듯했다. 처음에는 수경이가 하는 짓을 지켜보기만 하던 민혜와 진서도 언젠가부터 분위기에 휩쓸려 같이 연화를 놀려댔다. 나는 셋과 가까이 지내기는 했지만, 절대 그런 짓에는 가담하지 않았다. 그렇지만 나서서 말리지도 않았다. 어찌할 힘이 없었기 때문이다.

"감당할 힘이 없으면 나서지 마라!"

엄마가 늘 강조하는 처세술이다. 아빠가 돌아가시기 전에는 그러지 않았다. 조금 무리해서라도 친구를 도우면 격려해 주고 용기를 북돋아 주었는데, 아빠가 돌아가신 뒤로는 함부로 돕지 못하게 했다. 모든 사건이 터진 뒤에야 정말 도울 힘이 없었는지 의구심이 들었다. 귀찮았던 건 아닐까? 아니면 엄마 말을 핑계로 비겁하게 숨고 싶었던 건 아닐까?

　다른 애들은 대놓고 놀리진 않았지만 연화를 멀리했다. 연화가 가까이 오면 기겁하며 피했고, 연화가 만지는 물건에는 손도 대지 않으려고 했다. 잘사는 동네 애들뿐 아니라 가난한 동네 애들도 연화와는 어울리지 않았다. 나는 살짝 양심에 찔렸지만 내 능력 밖이라는 핑계를 대며 모르는 척했다.

　1학기를 보내면서 조금씩 살이 빠지더니 여름방학에 들어가기 직전에는 약간 통통한 정도까지 줄어들었다. 살이 빠지면서 연화를 놀리던 기세도 차차 수그러들었다. 그랬는데 여름방학이 끝나자 또다시 엄청나게 살이 쪄서 온 것이다. 개학 날에는 연화를 몰라봤다. 앉은 자리를 보고서야 연화라는 걸 알아차렸다. 도대체 집에서 무슨 일이 있었기에 방학만 되면 저렇게 살이 찌는 걸까? 아무래도 선생님이 알아보라고 한 사항에 정확히 해당하는 것 같았다. 조금 더 자세히 알아봐야 하는데 연화와 어울리는 애들이 아무도 없어서 방법이 마땅치 않았다. 앞서 말했듯이 연화는 가난한 애들마저 꺼리는 외톨이였기 때문이다.

　수학 수업이 끝나고, 다들 서둘러 음악실로 이동했다. 우리 교실은 2층 왼편 끝인데, 음악실은 5층 오른편 끝이라 가는 데 시간이 꽤 걸렸다. 무엇보다 음악 선생님이 상당히 깐깐해서 수업 전에 각자 자리에 앉아 바른 자세로 기다리지 않으면 구박이 심했다. 몇몇이 대들었다가 유리처럼 바사삭 깨진 뒤부터는 다들 조심했다. 음악 선생님은 자리에 앉아서 들어오는 우리를 지켜보았다. 다들 공손히 인사하고 자리에 앉았다. 맨 앞줄에는 아무도 앉지 않았다. 수업 종이 울리지 않았지만 잡담하는 사람은 아무도 없었다. 음악 선생님은 우리를 쓱 훑어보더니 피아노 앞에 앉았다. 선생님은 즉석에서 피아노를 쳤다. 주제 소절을 잡고 조금씩 비틀어가며 자유롭게 연주하는 재즈였다. 유명한 피아노 선생님에게 오랫동안 개인과외를 받은 덕에 나는 나름 피아노 연주를 듣는 귀가 열려 있었다. 음악 선생님이 연주하는 재즈는 상당한 수준이었다. 수업 시작종이 울렸지만 선생님은 연주를 멈추지 않았고, 우리는 배터리가 방전된 휴대전화처럼 조용히 기다렸다. 연주가 한참 절정으로 향할 때 갑자기 음악실 문이 열렸다. 피아노 소리가 뚝 끊겼다. 흥이 깨져버린 음악 선생님은 사나운 눈으로 고개를 돌렸다.

문을 꽉 채우며 연화가 들어왔다. 몸이 무거워서 교실에서 음악실까지 걸어오는 데 오래 걸린 모양이었다. 연화는 고개 숙여 인사하더니 느릿하게 걸어서 맨 앞자리에 앉았다.

"내 수업 시간인데 당당하게 늦었네."

말은 그렇게 했지만 선생님 표정에 노여움은 없었다.

"늦은 벌로 노래 한 곡 할까?"

부탁이 아니라 지시였다.

연화는 힘겹게 일어나더니 피아노로 느리게 걸어갔다. 선생님은 자리를 비켜주었다. 연화는 앉자마자 머뭇거리지 않고 피아노를 두드렸고, 노래가 뒤를 이었다.

　　작은 그림자도 외로워 우는

　　발걸음 소리마저 쓸쓸히 우는

　　싫어도 저절로 가야만 하는 그곳~ 🎵

아릿한 음색이 심장까지 파고들었다.

　　지금은 꽃향기도 잊은 지 오래

　　나는 그저 외톨이

　　익숙한 숨소리마저 낯선 이곳

　　깜깜한 비라도 내리면

　　고달픈 삶이 그나마 감춰질까?

　　나나나~~~ 나나나~~~ 🎵

피아노 간주와 함께 '나나나'를 읊조리는 걸 듣는데, 내 입안이 바싹바싹 말라갔다.

　　나에게 바람이 주어진다면

　　나에게 차가운 겨울이 주어진다면

　　늦봄까지 남은 고드름을 움켜쥐고

지친 봄을 향해 노래 한 줌 채울까?

아아아~~~ 아아아~~~ ♫

'아아아'가 절규처럼 울려 퍼졌다. 심장이 멎을 듯 먹먹했다.

다시 오는 봄에도

햇살은 나를 외면해

좋은 날은 언, 제, 쯤~ ♪

'언, 제, 쯤'을 또박또박 내뱉으며 노래가 끝났다. 들숨을 깊이 마셨
다. 날숨을 따라 진한 여운이 도망가지 못하게 하려고 호흡을 참았다.
나만 그런 게 아니었다. 다들 이 엄청난 노래에 놀라서 어떻게 반응해
야 할지 모른 채 멍하니 있었다. 노래를 마친 연화는 느릿하게 일어나
자기 자리로 돌아갔다. 선생님은 그런 연화를 가만히 보다가 책상을
톡톡 치고는 아무렇지 않게 곧바로 수업에 들어갔다.

음악 수업이 끝나고 교실로 돌아가는 길, 화제는 단연 연화가 부른
노래였다.

"도대체 누구 노래야?"

"들어본 적도 없어."

"설마 자작곡인 거야?"

"에이 설마, 말이 돼?"

"그나저나 어쩜 그렇게 잘 부르냐."

"피아노 치는 솜씨는 또 어떻고."

"피아노 과외라도 받았대?"

"에이 무슨, 엄청 가난해서 집에 피아노도 없을걸."

"그런데 어떻게 그렇게 잘 쳐?"

"그러게나 말이야."

"그 정도 고음은 웬만한 가수는 흉내도 못 낼 수준이었어."

"고음뿐이니? 저음에서 나오는 감정 표현은 또 어떻고."

"난 콘서트에 온 줄 알았다니까."

다들 그동안 연화를 놀리며 따돌렸던 것은 다 잊고 감탄을 연발했다. 연화에 대한 인식이 확 바뀌는 순간이었다. 그러나 그런 감탄은 오래가지 않았다.

"노래야 우리가 모르는 이상한 노래를 대충 흉내 냈겠지."

또다시 수경이었다.

"소리통이 크잖아? 그러려고 살집을 키웠나 봐."

잔뜩 깔보는 말투였다.

"원래 뚱뚱하면 소리통이 커서 고음도 잘 나오고, 울림 때문에 비슷한 실력이라도 더 잘 부르는 것처럼 들리니까."

수경이는 아무렇지도 않게 연화를 비하하는 말을 마구 내뱉었다. 울컥 부아가 치밀어서 수경이에게 한마디 해주려다 꾹 참았다. 거짓말과 인격 비하도 정도껏 해야지, 수경이는 선을 넘었다. 어떤 사람이 소리통 키우려고 연화처럼 살을 찌우겠는가? 수경이는 자신이 늘 놀려대는 연화가 애들한테 인정받는 게 아니꼬워서 억지로 깎아내리려는, 속셈이 뻔히 보이는 억지 주장을 편 것이다. 다들 수경이 말을 듣고 어떻게 반응해야 할지 몰라 서로 눈치를 봤다. 그때 민혜와 진서가 수경이를 거들고 나섰다.

"어쩐지…… 몸이 항아리만 해서 소리가 울렸나 봐."

"항아리를 모욕하지 마. 괴물에 비하면 항아리는 매끈하게 잘 빠진 몸매야."

둘이 그러고 나서니 분위기가 삽시간에 나쁜 쪽으로 쏠렸다. 잠깐 연화를 좋게 보던 시선은 폭우에 휩쓸리듯 사라졌다. 경탄은 삽시간에 경멸로 바뀌었다. 셋 다 내가 자주 어울리는 친구들인데, 그 순간에는 정말이지 절교하고 싶은 충동이 일었다. 같은 아파트 단지에 살면서 밤새 어울려 놀기도 하고, 휴일이면 시내 노래방에서 몇 시간씩 노래도 같이 부르는 사이였지만 못된 짓을 하는 꼴을 보니 친구로 지내기 싫었다.

서둘러 화장실에 다녀온 뒤 수업 준비를 하는데, 이번에도 연화는 선생님이 들어온 뒤에야 교실로 들어왔다. 몇몇이 수군거렸지만 연화는 무표정하게 자리에 앉았다. 3교시는 국어 수업이었다. 선생님은 시 창작 원리를 꼼꼼하게 설명했다. 나는 설명을 하나라도 놓치지 않으려고 빠르게 따라 적었다. 10분쯤 설명하던 선생님이 느닷없이 수행을 시켰다.

"이론은 알았으니 실천을 해봐야지. 지금부터 15분 줄게. 즉흥으로 시를 지어봐. 머리를 쥐어짜서 잘 지으려고 하지 말고 느낌에 몸을 맡겨."

우리가 뭐라고 항의할 새도 없이 선생님은 곧바로 시간을 쟀다. 황당했지만 시 창작을 하는 수밖에 없었다. 초등학생 때는 곧잘 시를 지었지만 중학생이 되고서는 처음이었다. 도대체 뭘 어떻게 해야 할지 갈피를 잡을 수 없었다. 시간은 빠르게 흐르고, 시는 깜깜한 어둠에 갇혀 나오지 않았다. 결국 허접한 문장 몇 줄을 쓰고는 펜을 놓아야 했다.

선생님은 곧바로 아무나 지목해서 시를 읽게 했다. 제대로 된 시가 없었다. 다들 엉망이었다. 읽는 사람은 부끄러워하고, 듣는 사람은 웃음보가 터지는 시가 대부분이었다. 그러다 연화가 시를 읽을 차례가 왔다. 연화는 힘들게 일어났다. 몇몇 애들이 킥킥대며 웃었다. 연화는 낡은 공책을 집어 들더니 얕고 무미건조한 목소리로 시를 낭송했다.

까치 날개

정연화

나뭇가지를 물고 전깃줄 위에 앉은
까치 한 마리
사위를 살피고

깃털을 매만지고
고갯짓을 하고
빈 하늘로 날아가니
가만히 있던 전깃줄이 바람도 없이 흔들린다.

까치를 못 봤다면
바람이 찾아온 줄 알았겠지.
다른 전깃줄은 전봇대와 한 몸인 듯 꼼짝도 않는데
까치를 상상하지 못해서
바람이 지나가는 줄 착각했겠지.

바람이라고 믿었는데
까치가 머물다간 흔들림이
그동안 얼마나 많았을까?

문득
까치 날개가 옆구리에 돋는다.

연화가 노래를 끝냈을 때와 같은 침묵이 흘렀다. 이 짧은 순간에 어떻게 저런 시를 쓴단 말인가? 이 순간에 저런 깊이를 담아내는 시를 써내다니 천재라도 된단 말인가? 애들만이 아니었다. 국어 선생님도 감탄하더니 연화에게 시를 직접 건네받아서 한 번 더 소리 내어 읽었다. 선생님 목소리로 다시 들으니 흘려버린 표현이 귀에 들어오면서 속에서 뭉클함이 끓어올랐다.

그러나 이번에도 수경이가 나서서 아름다운 감흥을 깨버렸다. 수경이는 쉬는 시간이 되자마자 민혜와 진서를 불러서는 연화가 지은 시를 표절이라고 깎아내렸다.

"어디서 유명한 시인이 쓴 시를 흉내 낸 게 분명해. 내가 예전에 비슷한 시를 들어봤어."

수경이는 다들 들으라는 듯 떠들어댔다.

"표절이 얼마나 무서운지 모르는 거지."

"멍청한 괴물이 표절이 뭔지는 알겠어?"

셋은 신나게 연화를 파렴치범으로 몰아갔다. 이번에도 수경이는, 연화가 지은 시가 전한 감동을 작은 떨림 하나 남기지 않고 지워버렸다. 연화는 수경이가 그러거나 말거나 똑같은 표정으로 아무 대꾸도 하지 않았다.

나라도 그 자리에서 한마디 해줘야 했지만, 또다시 참고 말았다. 친구인데 싸우고 싶지 않았다. 나중에 따로 만나서 부드럽게 충고하는 편이 낫다고 판단했다. 터놓고 말하면 내가 감당하지 못할 사태를 피하려는 비겁함 때문이었다. 그 순간에도 나는 엄마가 주입한 가르침을 벗어나지 못했다. 문득 돌아가신 아빠가 떠오르며 부끄러웠지만 나는 양심이 내뱉는 외침을 못 들은 척했다.

점심시간이 되자 나는 여러 명에게 접근해서 조심스럽게 연화에 대해 알아보았다. 어차피 부잣집 애들은 연화를 제대로 모르니까 가난한 집 애들에게 물었는데, 아는 게 별로 없기는 마찬가지였다. 다행히 1학년 때 연화와 가까이 지낸 애가 있다는 정보를 알아냈다. 곧바로 그 애를 찾아가서 사정을 말하고 조심스럽게 물었지만 결과는 실망스러웠다.

"나도 아는 게 별로 없어."

"그래도 나름 가까웠다면서?"

"그리 가깝지도 않았어. 그냥 어쩌다 말 몇 마디 나눈 게 다야. 너도 알지 모르겠지만 연화는 통 말이 없거든."

"뭐든 괜찮으니까 아는 것만 말해줘."

"알았어. 오래돼서 기억은 잘 안 나는데……. 연화는 너희 아파트 옆으로 난 길을 따라서 쭉 넘어간 뒤에 왼편으로 구불구불한 도로를 한참 따라 들어가면 나오는 외딴곳에 살아. 나도 연화한테 말만 들었지 가본 적은 없어서 더 자세한 위치는 몰라. 엄마 아빠는 없고."

"그럼 지금은 누구랑 살아?"

"아마 여든 넘은 할머니랑 살 거야."

"연화가 노래를 엄청 잘하던데……."

"그래? 외로울 때면 혼자 노래를 부른다는 말은 들었는데 잘 부르는 줄은 몰랐네."

"오늘 음악 수업 때는 피아노도 꽤 잘 쳤어."

"피아노를? 학원이라곤 가본 적도 없을 텐데……."

"초등학교에서 배운 게 아닐까?"

"나도 더 이상은 몰라."

"시도 엄청 잘 쓰던데……."

"뭘 자꾸 끄적거리는 걸 본 적은 있는데, 그게 시였는지는 모르겠어."

자세히 파악하고 싶었지만 더는 새로운 정보가 나오지 않았다. 연화를 잘 알 만한 사람을 소개해 달라고 부탁했지만 전혀 모른다고 했다. 나는 고맙다는 말과 함께 혹시 다른 게 생각나면 연락해 달라고 하면서 전화번호를 알려주었다.

뭘 더 어떻게 해야 할지 고민하면서 교실로 가는데 민혜와 진서가 뒤에서 나타났다.

"우리 회장님, 뭘 그렇게 고민하시나?"

"회장님이 되더니 업무가 바쁘신가 봐."

민혜와 진서가 함께 깔깔댔다.

"이 몸이 명색이 회장님인데, 비서가 없어서 힘들어. 둘이 내 비서라도 해줄래?"

나는 농담으로 되받았다.

"사양합니다, 회장님!"

민혜가 손사래를 치며 웃었다.

"제가 잠깐 비서가 되어 드릴까요? 여기 음료수 드시지요."

진서가 왼손에 들고 있던 음료수를 건넸다.

"고마워요, 김 비서."

나는 음료를 받아서 뚜껑을 딴 뒤에 마셨다. 미지근했지만 마실 만했다.

"수경이는 어딨어?"

내가 물었다.

"몰라. 아까부터 어디 갔는지 안 보여."

우리는 이런 얘기를 나누며 교실로 들어갔다. 나는 음료수를 끝까지 다 마신 뒤에 겉을 감싼 비닐을 벗긴 다음 병은 재활용함에, 비닐은 비닐 수거함에 넣었다. 민혜와 진서는 음료수를 다 마시지도 않고 쓰레기통에 던져버렸다. 그 둘만 그런 게 아니었다. 꽤나 많은 애들이 간식을 먹고는 제대로 분리수거하지 않고 쓰레기통에 아무렇지 않게 버린다. 학교에서 늘 강조하는 교육 중 하나가 분리수거인데, 여전히 제대로 실행되지 않았다. 아무래도 회장으로서 이 점은 꼭 바로잡아야겠다고 다짐하다가 연화 표정을 보게 됐다.

음악 시간에 노래 부를 때도, 시를 잘 썼다고 칭찬받을 때도 연화 얼굴에는 아무런 표정이 드러나지 않았다. 수경이가 다른 애들과 함께 자기를 비난할 때도 마찬가지였다. 그런데 자기 자리 뒤쪽에 있는 쓰레기통 위에 수북이 쌓인 쓰레기를 보면서는 기묘한 표정 변화가 일어났다. 잠깐이었지만 확실한 변화였다. 어떤 감정인지 읽기는 어려웠지만 밝은 느낌은 아니었다. 그 뒤로 여러 차례 연화를 관찰했지만 그 표정을 다시 발견하지는 못했다.

종례를 마치고 애들이 우르르 밖으로 나갔다. 나는 볼일이 있어 잠깐 교무실에 들렀다가 다시 교실로 왔다. 교실에는 아무도 없었다. 창문이 잠겼는지 확인하고 교실 문까지 확실하게 잠근 뒤에 밖으로 나왔다. 계단으로 내려와서 중앙 현관으로 나가려는데 누가 화내는 소리가 들렸다. 목소리가 귀에 익었다. 나는 소리 나는 쪽으로 갔다.

목소리 주인공은 수경이였다.

"네가 거지야? 거지냐고? 왜 학교에서 물을 몰래 가져가?"

"거지가 아니라 도둑이잖아."

민혜 목소리도 들렸다.

"그치, 도둑이네. 물 도둑!"

진서도 있었다.

갑자기 불길한 생각이 들었다. 셋이서 괴롭힐 대상이 누군지 뻔했기 때문이다.

"어쩐지 가방을 왜 그렇게 큰 걸 들고 오나 했어."

"훔쳐 가게 두면 안 되지. 이 물도 학교 재산인데."

나는 걸음을 빨리했다. 모서리를 돌면 식당 입구에 학생들이 마시는 정수 시설이 있다. 정수 시설은 여러 명이 한꺼번에 이용해도 될 만큼 용량이 넉넉하다. 내가 막 모서리를 돌 때 '퍽' 하는 소리가 들렸다.

플라스틱 물병이 바닥에 떨어지면서 물이 바닥에 엎질러졌다. 셋은 나머지 물병도 뺏어서 바닥에 던져버렸다. 물병 하나는 뚜껑이 열리며 물이 바닥에 쏟아졌고, 나머지는 닫힌 채 뒹굴었다. 수경이가 바닥에 떨어진 물병을 발로 밟았다. 물병이 찌그러졌다. 민혜도 물병을 밟았다. 진서는 뚜껑이 닫힌 물병을 멀리 차버렸다. 그 와중에도 연화는 아무런 표정 변화가 없었다.

"야! 너희들 뭐 하는 거야?"

더는 참을 수가 없어서 소리를 질렀다.

"아, 회장! 마침 잘 왔어. 이년이 거지처럼 물을 훔쳐 가잖아."

수경이가 원군이라도 만난 듯 반갑게 말했다.

"물을 담아 가는 게 어떻게 도둑이고 거지야? 너희들 정말 계속 이럴 거야?"

내가 여느 때와 달리 거세게 나가자 진서와 민혜는 주춤하며 내 눈치를 살폈다. 그러나 수경이는 막무가내로 따지고 들었다.

"학교 물인데 가져가니까 도둑이지! 이게 도둑질이 아니면 뭔데?"

"정말 이게 도둑질이라고 생각해?"

나는 밀리지 않고 되물었다.

"그럼 도둑질이 아니면 뭔데?"

"그렇게 확신하면 신고해! 내가 선생님께 지금 당장 신고할까? 학교 물을 훔쳐 가는 도둑을 잡았다고."

나는 전화기를 꺼냈다. 위협이 아니었다. 정말로 걸 생각이었다.

"루미야, 왜 그래!"

"그냥 장난이잖아."

민혜와 진서가 나를 말렸다.

"너희가 하는 짓이 장난이야? 괜히 트집 잡아서 거지니 도둑이니 하면서 몰아붙이는 게 장난이냐고?"

민혜와 진서는 입을 꾹 다물고 뒤로 한 걸음 물러섰다.

"이루미! 너 회장 됐다고 잘난 척하는 거야?"

수경이는 여전히 막무가내였다.

"이게 지금 내가 회장인 거랑 무슨 상관인데?"

나는 지지 않고 맞섰다.

"아! 회장인 거랑은 상관없으시다?"

비꼬는 투가 몹시 거슬렸다. 그러나 차라리 그게 나았다. 그 뒤에 나온 말은 내 심장에 불을 질러버렸다.

"하, 둘이 똑같이 아빠 없는 처지라서 동맹이라도 맺었나 보네. 좋겠어? 같은 처지라서."

둘이 똑같이 아빠 없는 처지라니……. 수경이가 점심때 내 뒤를 몰래 밟은 게 분명했다. 그거야 용서할 수 있다. 수경이가 남 얘기를 몰래 듣고 다니는 거야 한두 번도 아니니까. 그러나 우리 아빠를 그딴 식으로 입에 올리다니!

"야! 너 지금 말 다 했어!"

나는 내가 드러낼 수 있는 최대치로 분노를 담아 소리를 질렀다. 수경이가 움찔하며 눈동자를 굴렸다.

"너 따위가 감히 우리 아빠를……."

주먹을 쥔 손이 부르르 떨렸다.

"수경아! 그건 좀 심했어."

"그래, 아무리 그래도 그렇지. 어떻게 그런……."

민혜와 진서가 내 편을 들었다.

수경이는 흘깃 내 얼굴을 살피더니 재빨리 눈을 피해버렸다. 아마 내 눈에서 분노가 이글이글 타오르고 있었을 것이다.

"미, 미안……해."

수경이가 더듬더듬 말했다. 사과 같지도 않았다. 미안한 마음은 티끌만큼도 느껴지지 않는 사과였다.

"한 번만 더 그따위 소리 해봐. 엄마한테 말해서 가만 안 둘 테니까."

나는 웬만하면 학교에서 벌어진 일을 엄마에게 전하지 않는다. 엄마에게 걱정 끼치고 싶지 않은 마음도 있지만, 우리 문제에 부모님까지 끼어드는 걸 좋게 여기지 않기 때문이다. 그렇지만 이건 결이 다른 문제였다. 감히 아빠를 그딴 식으로 입에 올리다니…….

수경이도 우리 엄마를 잘 안다. 겉으로는 마냥 부드러워 보여도 한번 화가 나면 얼마나 독하고 무서운지 안다. 특히 아빠를 건드리면 엄마는 참지 않는다. 초등학교 5학년 때 어떤 남자애가 나를 "아빠가 불에 타 죽은 애"라고 놀렸다. 나는 말로 대들었지만 이기지 못했다. 억울함에 복받쳐 엉엉 울면서 엄마에게 그 사실을 알렸다. 그때 엄마는 학교를 완전히 뒤집어 놓았다. 어찌나 살벌하게 대처했는지 교장 선생님뿐 아니라 교육청까지 나서서 재발방지를 약속한다며 사과했고, 그 부모는 나와 엄마 앞에서 무릎 꿇고 싹싹 빌어야 했다.

"정말 미안해! 내가 실수했어. 미안해."

수경이도 같은 초등학교에 다녀서, 그때 우리 엄마가 어땠는지 잘 안다. 내가 엄마를 입에 올리자 수경이도 그 기억을 떠올리며 갑자기 무서웠을 것이다. 조금 전에 했던 마지못한 사과와는 결이 달랐다. 잘못한 걸 인정한다기보다는 두려움에 떨며 하는 사과였지만, 나는 더는 문제 삼고 싶지 않았다.

"꼴 보기 싫으니까 내 눈앞에서 사라져."

수경이는 내 말이 끝나자마자 재빨리 자리를 피했다. 민혜와 진서는 눈치를 보더니 수경이 뒤를 따라갔다.

나는 끓어오르는 화를 삭이느라 거칠게 숨을 몰아쉬었다. 떨림이 가라앉을 때까지 긴 시간이 걸렸다. 격한 감정이 잦아들자 그제야 다시 연화가 눈에 들어왔다. 연화는 찌그러진 물병을 간신히 펴서 물을 담고 있었는데, 어디가 터진 건지 물이 샜다. 한참 머뭇거리던 연화는 멀쩡한 물병만 챙겨서 가방에 넣고는 힘겹게 발걸음을 뗐다. 나는 연화 뒤를 조심스럽게 따라갔다. 아무도 없는 운동장을 연화는 달팽이처럼 느리게 걸었다. 그때 갑자기 비가 내렸다. 위를 올려다봤다. 하늘을 집어삼킨 먹구름이 울분을 토해내고 있었다. 나는 우산을 챙겨 가라고 한 엄마에게 감사하며 재빨리 가방에서 우산을 꺼냈다.

연화는 비가 오는데도 아랑곳없이 빗속을 그대로 걸었다. 나는 재빨리 뛰어가서 연화에게 우산을 씌워주었다. 작은 우산이라서 연화를 씌워주고 나니 나는 비를 쫄딱 맞아야만 했다. 가방 안에 든 학용품이나 책은 걱정되지 않았다. 방수 가방이라 내용물은 전혀 젖지 않을 것이기 때문이다. 교복이야 여벌이 있으니 문제없었다. 문득, 내가 잘사는 집에 태어나서 다행이라는 생각이 들었다.

"미안해."

연화는 내 말을 듣지 못한 듯 반응이 없었다.

"미안해!"

나는 목소리를 더 높였다.

"내 친구들이 못되게 굴어서."

연화가 우뚝 섰다. 그러더니 나를 빤히 쳐다봤다. 빛을 잃어버리고 잿빛에 잠긴 눈동자가 내 눈앞에 있었다.

"괜찮아. 어차피 내 삶은 언제나 싫은 날이었어. 그런 일로 더 싫어지지는 않아."

말투에서 감정이 느껴지지 않았다. 저렇게 가슴 아픈 말을 아무렇지 않게 내뱉는 심정이 어떨지 짐작조차 되지 않았다. 연화는 다시 느리게 걸었다. 느긋한 걸음이 아니었다. 빨리 걷고 싶어도 몸집 때문에 빨리 걷지 못했다.

"물이 필요하면 내가 사줄까?"

편의점 앞에서 내가 물었다.

연화는 아무런 반응을 보이지 않았다.

"여기서 잠깐만 기다려."

나는 연화에게 우산을 떠넘기고 편의점으로 들어갔다. 나는 편의점에서 생수 세 병과 우산을 사서 나왔다.

"아까 그 물병은 조금 지저분하더라. 이걸로 가져가."

나는 연화 반응을 기다리지 않고 연화 가방을 열어 낡은 물병을 빼내고, 내가 산 물을 넣었다.

"이거, 우산도 받아."

연화는 고개를 저었다.

그러더니 쓰고 있던 우산을 내게 건네주고는 빗속으로 걸어갔다. 나는 재빨리 따라가 연화에게 우산을 씌워주었다. 내가 젖는 건 괜찮은데 우산이 작아서 연화가 비를 맞는 건 마음이 쓰였다. 연화가 횡단보도 앞에 멈춰 섰다. 나도 그 옆에 나란히 섰다. 연화는 신호등이 바뀌기를 기다렸다. 그때 기묘한 기운이 느껴졌다. 주위를 둘러보다가 횡단보도에서 조금 떨어진 곳에 있는 버스정류장 쪽에 시선을 고정했다. 정류장에는 세 명이 있었는데, 내 또래 여자가 우리 쪽을 빤히 보고 있었다. 기묘한 기운은 그 여자에게서 풍겨 나오는 듯했다. 그 여자와 눈이 마주쳤다. 가슴이 뜨끔했다. 꽤나 떨어진 거리였는데도 눈빛이 또렷하게 느껴졌다. 내 모든 비겁함과 잘못이 속속들이 환한 빛 속에 노출되는 기분이었다. 우산을 든 손이 나도 모르게 떨렸다.

그때 내 옆에 있던 연화도 이상한 낌새를 느꼈는지 버스정류장 쪽으로 몸을 틀었다. 나는 그 여자를 보고 있었지만, 연화 몸이 워낙 커서 움직인다는 걸 느낄 수 있었다. 그 여자 시선이 연화에게로 옮겨 갔다. 그러자 조금 전까지 그렇게나 선명하던 그 눈빛이 전혀 느껴지지 않았다. 이해할 수 없는 변화였다. 그 여자가 눈을 돌렸다. 연화도 다시 몸을 틀었다. 그제야 나는 가늘게 숨을 내쉴 수 있었다.

연화가 터덜터덜 횡단보도를 건너갔다. 비에 젖은 낡은 신발이 애처로이 바닥에 끌렸다. 낡은 버스 한 대가 다가왔다. 번호를 보더니 연화가 몸을 움직였다. 나는 편의점에서 산 우산을 건넸다.

"받아! 비 더 맞지 마. 부담스러우면 나중에 돌려줘."

연화가 우산을 받았다.

"고마워. 네 덕분에 오늘은 내 인생에 처음 찾아온 좋은 날로 기억될 거야."

겨우 이 정도가 처음 찾아온 좋은 날이라니 가슴이 먹먹했다.

연화는 힘들게 버스에 올라탔다. 연화 몸이 버스 출입문에 꽉 찼다. 버스기사가 거친 말투로 연화를 구박했다. 버스가 움직이고, 내 시선은 낡은 버스를 따라갔다. 빗줄기가 더 굵어졌다. 비가 내리치는 소리 외에는 아무 소리도 들리지 않았다. 비는 빛이 느껴지지 않을 만큼 깜깜했다. "깜깜한 비라도 내리면 고달픈 삶이 그나마 감춰질까?" 하고 노래하던 연화가 떠올랐다. 노랫말을 떠올리니 또다시 기묘한 느낌이 밀려들었다. 반대편 버스정류장을 봤다. 그 여자가 나를 빤히 보았다. 눈빛은 여전히 강력했다. 깜깜한 빗줄기조차 밀어내 버리는 선명한 눈빛이었다.

전화기가 울렸다.

"언니! 왜 집에 없어? 안 오고 뭐 해?"

"미안, 일이 있어서."

"비도 많이 오는데 괜찮아?"

소미는 마음이 따뜻하다. 4학년인데 어떨 때는 나보다 속이 더 깊다.

"엄마가 우산 챙겨 가라고 한 소리, 너도 들었잖아."

"히히, 역시 엄마 말 듣기 잘했지?"

"그래그래."

"조심해서 와."

"알았어. 빨리 갈게."

전화를 끊었다. 다시 반대편 정류장을 봤다. 그 여자는 사라지고 없었다. 비는 조금 전보다 매섭게 내렸지만 더는 깜깜하지 않았다.

기묘한 실종사건

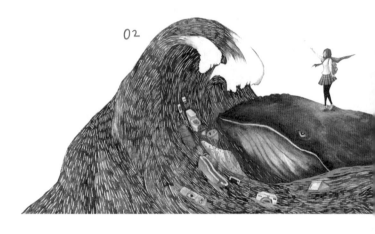

02

사건 당일, 연화는 1교시 수업 종이 울리고 5분쯤 지난 뒤에 들어왔다. 과학 선생님은 연화가 들어오거나 말거나 아랑곳없이 수업을 진행했다. 나는 연화를 살피느라 선생님 설명을 몇 번이나 놓쳤다. 2교시는 체육이라 다들 체육복으로 갈아입었다. 몇몇은 교실에서 갈아입고, 대부분은 탈의실로 가서 갈아입었다. 교실에서 나간 연화가 탈의실에서도 보이지 않았다. 나는 탈의실에서 옷을 갈아입고 교실로 돌아왔다. 교실에 아무도 없는 걸 확인하고 교실 문을 잠갔다.

나는 가장 늦게 체육관에 도착했다. 다른 애들은 이미 다 체육 선생님 앞에 줄 맞춰 서 있었다. 그런데 연화가 보이지 않았다. 체육관 곳곳을 살폈지만 연화는 없었다. 선생님은 연화가 있는지 없는지 확인하지도 않고 수업에 들어가려고 했다. 연화가 아직 안 왔다고 말하려다가 그만두었다. 연화는 걸음이 느려서 이동수업을 할 때면 늘 늦게 온다는 사실이 떠올랐기 때문이다. 체육 선생님 설명이 끝나도록 연화는 나타나지 않았다. 모둠별로 나누어 연습할 때도 연화는 보이지 않았다. 수업이 거의 절반이 지나도록 연화는 체육관에 오지 않았다. 아무래도 선생님께 말하는 게 좋겠다는 판단이 들었다.

나는 모둠원들에게 양해를 구하고 선생님에게 다가갔다.

"회장, 무슨 일이야?"

"연화가 안 왔어요."

"연화? 아, 그 몸집 큰……."

사람을 몸집으로 기억하다니 마음에 들지 않았다.

"결석이야?"

"아뇨, 쉬는 시간에 옷을 갈아입으러 나갔는데, 그 뒤로 안 보여요."

"탈의실에서 옷 갈아입지 않았어?"

"탈의실에서 못 봤어요."

"그럼 어딜 간 거야?"

선생님은 손을 허리에 얹더니 입을 꽉 다물었다.

"어디서 땡땡이라도 치나 보네. 하여튼 거기 애들은……."

어제 처음으로 이야기를 나누었지만, 연화는 피치 못할 사정이 없는 한 절대 수업에 빠질 애가 아니었다.

"연화는 그럴 애가 아니에요. 분명히 안 좋은 일이 생겼을 거예요."

나는 연화 몸 상태가 걱정이었다.

"알았어. 일단 계속 연습해. 수업 끝날 때쯤이면 나타나겠지."

선생님은 내 걱정을 무시하고 수업을 그대로 진행했다. 연습이 제대로 되지 않았다. 연화를 걱정하느라 툭하면 공을 놓쳤다.

"이루미! 정신을 어디다 쏟는 거야?"

선생님에게 야단까지 맞았지만 내 걱정은 사라지지 않았다.

수업이 끝나자마자 교실로 뛰어왔다. 문을 열고 교실 안을 살폈지만 연화는 보이지 않았다. 탈의실로 가봤지만 역시 없었다.

"얘가 도대체 어디로 간 거야?"

나는 다시 교실로 돌아왔다.

"혹시 1교시 끝나고 연화 본 사람 있어?"

"옷 들고 나가던데……."

연화 자리에서 가장 가까운 데 앉는 영주가 말했다.

"그건 나도 봤어. 그 뒤에 본 사람은 없냐고?"

아무도 없었다.

"몰래 학탈한 거 아니야?"

수경이가 말했다.

"그러게! 정말 몰래 도망쳤나 봐."

민혜가 동조하고 나섰다.

"대놓고 학교를 탈출하다니……."

진서도 맞장구를 쳤다.

"여기 가방이 있는데······."

영주가 연화 자리를 확인했다.

"가방까지 두고 학탈한 거잖아. 대단하다."

수경이가 확신에 차서 말하는데 몹시 의심스러웠다.

"수경이 너, 또 연화한테 이상한 장난친 거 아니지?"

"내가 뭘?"

수경이가 발끈했다.

아무리 봐도 수경이가 의심스러웠다. 그렇지만 증거가 없으니 더는 다그칠 수가 없었다. 애들은 옷을 갈아입으며 떠들어댔고, 더는 연화에게 관심을 두지 않았다. 나는 연화가 갔을 만한 곳을 찾아다녔다. 혹시나 해서 정수기 앞으로 가봤지만 없었다. 체육 기자재실에도 가봤지만 허탕이었다. 곳곳을 샅샅이 훑기에는 시간이 넉넉하지 않았다. 하는 수 없이 포기하고 교실로 돌아오는데 2층 화장실에서 작은 소란이 일어났다.

"안에 누군데 계속 안 나오는 거야?"

"야! 거기 누구야?"

옆 반 애들이 잠긴 화장실 문을 마구 두드려 댔다. 혹시나 하는 마음에 화장실로 갔다. 화장실에 다가가는데 기이한 기운이 가슴 아래서 꿈틀거렸다. 뜨거운 불에 덴 듯, 칼날에 베인 듯, 얼음이 파고드는 듯한 기운이었다. 속이 울렁거렸다. 헛구역질이 나오고 온몸에서 식은땀이 났다. 강렬한 공포에 나도 모르게 뒷걸음질 쳤다. 화장실에서 멀어지자 울렁거림이 가라앉았다. 그때 3교시 종이 울렸다. 투덜대며 문을 잡아당기던 애들이 화장실에서 우르르 빠져나왔다. 나는 심호흡을 두어 번 하고 잘 떨어지지 않은 발을 옮겨 교실로 돌아왔다.

3교시는 국어 선생님이었다. 선생님은 들어오자마자 연화부터 찾았다.

"연화, 오늘 결석이니?"

1학기 내내 한 번도 없던 일이었다. 그만큼 저번 수업에서 연화가 지은 시가 국어 선생님에게 깊은 인상을 주었다는 증거였다.

"회장! 어떻게 된 일이니?"

"2교시 체육 시간부터 안 보여요."

내가 일어서며 답했다.

"학탈했대요."

수경이가 고자질하듯이 말했다.

"몰래 학교를 나갔다고?"

선생님이 되물었다.

"학탈이 아니면 설명이 안 돼서요."

"학생부에 알려야겠구나."

선생님이 인상을 찌푸렸다.

모처럼 연화에게 좋은 관심을 주는 선생님이 생겼는데, 연화를 나쁜 학생으로 인식하게 내버려 두고 싶지 않았다.

"선생님! 연화는 몰래 학교 밖으로 나갈 애가 아니에요."

"그래? 그러면……."

선생님이 채 말을 끝내기도 전에 수경이가 끼어들었다.

"네가 그걸 어떻게 알아?"

다분히 도발하는 말투였다.

짜증이 확 치밀었다. 나는 입술을 꽉 깨물고 수경이를 흘겨봤다. 나와 눈이 마주친 수경이는 내 눈길을 피했다. 아무래도 수경이와 더는 어울리지 말아야겠다는 생각이 들었다.

"연화는 몸집이 커서 아무 눈에도 안 띄고 학교를 빠져나가기 어려워요."

내가 제시한 근거가 나름 타당했는지 선생님 표정이 바뀌었다.

"그럼 연화는 도대체 어디에 있는데?"

문득 조금 전 쉬는 시간에 화장실에서 일었던 소란이 떠올랐다.

"의심이 가는 곳이 있기는 한데……."

"거기가 어디야?"

"선생님이 함께 가주시면 좋겠어요."

선생님은 잠깐 망설이더니 이내 결정을 내렸다.

"좋아! 회장이랑 다녀올 테니 다들 조용히 자습해."

선생님이 먼저 움직였고, 나는 재빨리 뒤따라 나갔다.

"어딘데?"

"화장실이요."

"거긴 왜?"

"쉬는 시간에 화장실 문이 잠겼다면서 작은 소란이 있었거든요."

"그래?"

선생님은 머뭇거리지 않고 화장실로 들어갔다. 선생님은 화장실 문을 직접 하나씩 열었다. 셋째 칸까지는 아무도 없었다. 그러다 넷째 칸 문을 잡아당겼는데 아무리 힘줘도 열리지 않았다. 안에서 문이 잠 긴 게 확실했다.

"안에 누구 있니?"

선생님이 문을 두드리며 소리쳤다.

대답이 없었다.

"선생님은 신발이랑 옷이 불편해서 힘드니까 네가 옆 칸 변기 위로 올라가서 한번 볼래?"

나는 선생님이 지시한 대로 옆 칸으로 들어가서 변기 뚜껑을 내리 고 그 위로 올라갔다. 칸막이를 잡고 까치발을 들어서 문이 잠긴 칸 쪽 으로 고개를 내밀었다. 화장실 바닥에 허름한 속옷과 실내화가 보였 다. 연화가 아니면 아무도 못 입을 만큼 큰 속옷이었다. 낡은 실내화는 물에 흥건히 젖었는데 '연화'라고 쓰인 글씨가 흐릿하게 보였다. 분명 히 연화가 이 화장실 안에 있었다. 문은 안에서 잠기고 연화는 속옷과 실내화만 남긴 채 안개처럼 사라져 버렸다. 도대체 어떻게 된 일일까?

"선생님!"

나는 다급히 외쳤다.

"왜 그래?"

"젖은 속옷과 신발이 있는데, 연화 것이 분명해요."

"정말?"

"네! 옷도 크고, 실내화에 '연화'라고 쓰여 있어요."

잠긴 문을 열어보려고 손을 뻗었지만 잠금장치가 반대쪽이라 닿지 않았다.

"무슨 일이 났구나."

선생님 목소리에 걱정이 가득했다.

"너는 여기서 기다려. 내가 다른 선생님들 모셔올게."

선생님이 급하게 나가고, 나는 연화가 남긴 흔적을 살피며 초조하게 기다리는데 별의별 생각이 다 들었다. 혹시 연화가 옷을 갈아입는데 누가 밖에서 물을 붓는 장난이라도 친 걸까? 그래서 속옷은 벗어놓고 외출복만 입은 채 속옷을 가지러 밖으로 나간 건 아닐까? 아니, 그랬다면 신발까지 벗어놓은 채 갔을 리가 없다. 속옷을 그대로 두고 갈 이유도 없다. 무엇보다 연화가 안에서 문을 잠그고, 칸막이를 넘어올 가능성이 전혀 없다. 굳이 밖으로 나가려고 했다면 칸막이를 넘는 게 아니라 수업 종이 울린 뒤에 문을 열고 밖으로 나와도 되었을 테니까. 내 머리로는 도저히 이 기묘한 현상을 해석할 수가 없었다.

"정연화, 도대체 어디로 간 거야?"

연화가 듣기를 바라는 마음으로 혼잣말을 하는데 선생님들이 화장실로 황급히 들어왔다. 3학년 학생주임과 담임 선생님, 그리고 국어 선생님이었다.

긴 막대기를 든 학생주임 선생님이 변기에 올라가더니 잠금장치를 풀었고, 담임 선생님이 화장실 문을 열었다.

"박 선생, 잠깐만요!"

학생주임이 담임 선생님을 말렸다.

"현장을 훼손하지 말고 사진부터 찍는 게 좋지 않겠어요?"

"아, 그러네요."

담임 선생님은 사진을 여러 장 찍고는 조심스럽게 화장실 안을 살폈다. 국어 선생님도 나란히 서서 안을 살폈는데 연신 고개를 갸웃거렸다.

"이해가 안 되네요. 이게 도대체 어찌 된 일인지……."

"뭔지 모르지만 심각한 일이 벌어진 것 같네요."

칸막이 위쪽에서 현장을 살피던 학생주임 선생님이 황급히 내려왔다.

"여기는 아무도 못 들어오게 막고 빨리 연화를 찾아야겠어요."

학생주임은 빠른 걸음으로 화장실을 빠져나갔다.

"루미, 너는 교실로 돌아가."

담임 선생님이 말했다.

"선생님이 곧 갈 테니 애들한테 오늘 연화와 관련해 아는 게 있는지 확인해 봐."

나는 선생님 지시를 받고 재빨리 교실로 갔다. 애들은 수업을 안 하니 신나서 떠들고 있었다. 나는 교탁을 세게 두드렸다.

"연화가 사라졌어."

"학탈이라니까."

수경이가 또 장난스럽게 받았다.

"학탈 아니니까 그 소리 그만해!"

나는 매섭게 쏘아붙였다.

"도대체 네가 연화를 얼마나 안다고 그렇게 자신해? 누가 보면 가깝게 지내는 친구라도 되는 줄 알겠네."

"야, 최수경! 그 입 다물지 못해."

아무래도 수경이가 이 사건과 관련이 있는 게 분명했다. 그렇지 않고서야 저렇게까지 확신에 차서 연화가 학교를 몰래 빠져나갔다고 주장할 리가 없었다.

"선생님이 곧 오셔서 조사하실 거야. 혹시 1교시에서 2교시 사이에 연화를 목격했거나, 그것 말고도 아는 정보가 있으면 말해줘."

나는 심각했지만 아무도 상황을 심각하게 받아들이지 않았다. 심지어 웃으면서 장난치는 애들도 있었다. 나는 화장실에서 본 기묘한 증거를 말하려다 그만두었다. 애들한테 말하면 이상한 소문이 날지도 모른다는 우려 때문이었다. 어차피 곧 담임 선생님이 들어오니 그때가 되면 애들도 심각함을 알게 될 것이다.

몇 분 뒤 담임 선생님이 들어왔다. 장난스럽게 노닥거리던 애들은 선생님 첫마디에 곧바로 심각해졌다.

"연화가 실종됐어. 범죄일지도 모른다는 의심마저 드는 상황이야."

'범죄'라는 말은 나도 전혀 떠올리지 못한 낱말이었다.

"오늘 연화와 관련해서 특별히 이상한 점이 있거나, 목격한 게 있으면 낱낱이 말해. 지금 학교 직원들과 선생님들이 학교를 이 잡듯이 뒤지는 중이야. 만약 못 찾으면 경찰에도 연락해야 해. 그러니 티끌만 한 단서라도 좋으니까 빨리 얘기해."

그제야 애들은 오늘 연화를 목격한 것들을 털어놓았다. 그러나 새로운 사실은 나오지 않았다. 연화가 체육복을 들고 나간 뒤에 연화를 본 사람은 아무도 없었다. 기대한 결과가 안 나오자 선생님이 전화를 걸었다.

"…… 다른 반에서는 화장실에 들어가는 걸 봤다고요? ……… 안에서는 못 봤답니까? …… 휴, 밖에서만……. 예, 알겠습니다. 빨리 찾아야죠."

선생님은 전화를 끊고는 나를 불렀다.

"혹시 뭐라도 뒤늦게 기억나는 사람이 있으면 나한테 곧바로 연락해."

선생님이 나가고 반은 잠깐 웅성거렸지만 이내 조용해졌다. 나는 교탁 앞에 서서 묻힌 기억을 꺼내려고 애썼지만 헛고생이었다.

4교시도 자습을 했다. 그때까지 연화를 찾았다는 소식은 전해지지 않았다. 점심을 먹으러 급식실로 가는데 운동장에 경찰차 두 대가 나타났다. 나는 밥도 못 먹고 학생부실로 가서 조사를 받았다. 아는 대로 경찰에게 전부 말했다. 담임 선생님은 옆에서 내가 겁먹지 않도록 도와주었다. 경찰은 똑같은 질문을 여러 번 반복하며 내 진술이 정확한지 확인했다. 질문이 거듭되어도 내 대답은 그대로였다. 오후에는 경찰 현장감식반이 와서 화장실을 샅샅이 조사했고, 교실까지 들어와서 연화와 관련한 물품을 모조리 가져갔다. 오후 내내 경찰과 선생님들이 학교 곳곳을 뒤졌지만 연화와 관련한 증거는 아무것도 나오지 않았다.

수업이 모두 끝나고 교실에는 나와 담임 선생님만 남았다.

"너무 염려하지 마. 경찰이 조사에 들어갔으니까 곧 찾아낼 거야."

"연화 집에는 연락해 보셨어요?"

"연락처가 없어서 전화는 못 했고, 경찰이 직접 찾아갔는데 연화는 없었대."

"여든 살이 넘으신 할머니와 산다고 들었어요."

"너도 아는구나. 연화 가정형편이 조금 어렵긴 해."

그때 내 전화기가 울렸다. 동생 소미였다.

"언니, 또 왜 이렇게 늦어? 요즘 무슨 일 있어?"

"미안! 학교에 일이 생겨서. 언니 곧 갈게."

"무슨 비밀이라도 있는 건 아니지?"

"그런 거 없어. 회장이 된 뒤에 책임질 일이 많아져서 그래."

"아 참, 언니 회장이지. 알았어. 소미는 괜찮으니까 할 거 다 하고 와."

소미가 의젓하게 말했다.

"알았어. 빨리 갈게."

전화를 끊었다.

"동생이 집에 혼자 있겠구나. 4학년이라고 했던가?"

"네."

"빨리 가야겠네."

선생님이 먼저 자리에서 일어났다.

"선생님이 알아서 할 테니 걱정하지 말고 가."

"새로운 소식이 들어오면 꼭 알려주세요."

나는 거듭 부탁하고 교실을 나왔다. 집으로 오자마자 소미 숙제를 봐주는데 마음이 심란했다. 소미에게 저녁을 차려주고, 입맛이 없어서 나는 먹지 않았다. 저녁에 과외를 받으면서도 집중하지 못해서 몇 번이나 지적받았다. 연화와 관련한 소식이 오기를 기다렸지만 밤늦도록 아무런 연락이 없었다. 선생님에게 문자를 보내도 걱정하지 말라는 답장만 돌아왔다. 애들에게도 숱하게 문자를 보냈는데 걱정을 덜 만한 답장은 오지 않았다.

토요일 아침, 아빠를 보러 일찍 집을 나섰다. 아빠에게 드릴 꽃을 사러 차에서 내리면서도 전화기를 손에서 놓지 못하는 나를 보며 소미가 한마디 했다.

"언니! 스마트폰 좀 그만해."

엄마가 차에서 내리면서 피식 웃었다.

나는 사정을 말하려다가 그만두고 꽃가게에 따라 들어갔다. 꽃 고르기 담당은 소미다. 어릴 때 아빠가 떠났는데도, 소미는 이상하게 아빠가 좋아하는 꽃을 계절별로 잘 기억한다. 소미가 꽃을 듬뿍 고르고, 주인이 꽃을 다듬어 포장하는 동안 나는 꽃가게를 구경했다. 작은 연못에 놓인 화려한 꽃이 눈에 들어왔다. 나도 모르게 그 꽃에 이끌렸다.

촉촉한 진노랑 꽃술을, 부드러운 연노랑 꽃잎이 겹겹이 감싼 우아한 꽃이었다. 꽃잎 하나하나가 살아서 괴로움에 찌든 눈을 맑게 씻어냈다. 은은한 향기는 감당하지 못할 고민을 밀어내고 부드러운 기쁨을 떠올리게 했다. 바람이 불지 않는데도 꽃잎이 살며시 떨렸다. 꽃잎이 떨리니 내 마음도 같이 흔들렸다.

"언니! 나가자."

소미가 재촉하지 않았다면 언제까지나 그 자리에 머물고 싶었다. 가게를 벗어나기 전에 궁금증을 참지 못하고 주인에게 그 꽃 이름을 물었다.

"꽃이 참 화려하고 진하죠? 잠자는 연꽃, 황련(黃蓮)이에요."

황련! 이름도 참 예쁘다.

차를 세우고 아빠에게 가려는데 소미가 화장실이 급하다고 했다.

"나는 먼저 가 있을게."

엄마는 소미와 함께 화장실로 갔고, 나는 아빠가 잠들어 있는 묘역을 향해 먼저 걸어갔다. 아빠가 잠든 국립대전현충원 소방공무원 묘역에 올 때마다 나는 복잡한 심경에 사로잡힌다. 아빠는 왜 아무 인연도 없는 생명을 구하기 위해 자기 생명을 내던졌을까? 모두가 숭고한 희생이라고 기리지만, 어린 나이에 아빠를 잃어버린 나와 소미에게 그 희생이 마냥 숭고할 수만은 없었다. 사랑하는 남편을 잃어버린 엄마에게도 마찬가지였다. 엄마는 아직도 아빠를 존경하고 그립고 사랑한다고 말하지만, 가끔 혼자서 멍하니 밖을 바라보는 모습을 볼 때마다 그 빈자리로 인한 고통이 얼마나 무거운지 절절히 느껴진다.

손에 든 꽃다발에서 풍기는 향기를 맡으며 헝클어진 마음을 씻어냈다.

'이루미! 아빠가 저기 계시잖아. 밝은 모습을 보여드려야지.'

마음을 다잡고 아빠가 계신 곳을 향해 똑바로 나아갔다.

'어! 누구지?'

아빠 묘소 앞에 모르는 사람이 있었다. 혹시나 다른 분 묘소일까 봐 다시 확인했지만 아빠 묘소가 맞았다. 나는 빠른 걸음으로 다가갔다. 그 사람이 누군지 확인하려다 묘소를 장식한 꽃을 보고 탄성을 질렀다.

"세상에!"

갖가지 꽃들이 아빠가 잠든 곳을 화려하게 장식하고 있었다. 이제껏 단 한 번도 그렇게 아름다운 꽃장식은 본 적이 없었다. 실바람에 꽃들이 살아 움직였고, 향기는 주위 공기를 상쾌함으로 가득 채웠다.

"도대체 이 꽃들은……."

나는 아빠 묘소 앞에 선 사람에게 말을 걸려다가 목이 잠겨버렸다.

'어쩜 저렇게 잘 생겼지?'

아름다움에 말문이 막혔다. 실바람에도 흩날리는 머릿결, 짙은 밤 하늘을 머금은 눈동자, 햇살보다 맑은 살결, 상큼한 샘물 같은 웃음, 자줏빛이 도는 입술에 조화로운 몸매까지 완벽했다. 신이 내려오지 않는 이상 이보다 더 잘생긴 남자는 없을 듯했다.

그 남자는 나에게 부드러운 웃음을 짓더니 꽃장식으로 빛나는 묘 비를 가만히 쓰다듬었다.

"수많은 생명을 구한 영웅에게 꽃밖에 바치지 못하는 내 능력이 안 타까워."

목소리에서 달콤한 꿀이 촉촉하게 떨어졌다.

"혹시 저희 아빠가 구해준……."

떨려서 말이 끝까지 나오지 않았다.

그 남자는 나뭇잎이 살랑이는 듯 고개를 저었다.

"아빠가 아니라 너야."

무슨 뜻인지 이해가 안 됐다.

"그게 무슨……."

그 남자가 갑자기 내 왼손을 잡았다. 손끝에서 전기가 일었다.

"너라고."

하얀 꽃잎처럼 깨끗하고 봄날 햇살처럼 따스한 손가락이 내 손바 닥을 톡톡 두드렸다.

"언니!"

소미가 큰소리로 나를 불렀다.

나는 화들짝 놀라서 얼른 손을 빼고 소미 쪽을 봤다. 소미가 팔짝팔짝 뛰어왔고, 한참 떨어져서 엄마가 따라왔다. 바람이 일며 진한 향기가 코를 건드렸다. 다시 그 사람이 있는 곳으로 시선을 돌렸다. 사라지고 없었다. 주위를 아무리 둘러봐도 없었다. 꽃향기만 남아 내 가슴을 떨리게 했다.

"와! 이게 다 뭐야?"

소미는 아빠 묘소를 장식한 꽃을 보고 환호성을 질렀다.

"엄마! 빨리 와봐. 아빠한테 꽃이 엄청 피었어."

하얀 꽃잎 한 송이가 바람에 실려 와 소미 머리 위에 사뿐히 내려앉았다.

화장실에 감춰진 비밀

03

월요일 아침, 밥상을 다 차리고 식탁에 앉자마자 엄마가 말했다.

"엄마, 오늘부터 나흘 동안 출장이야."

"어제 말했잖아."

일요일 오후 내내 엄마는 출장 기간에 먹을 반찬을 마련하느라 바빴다. 나와 소미도 옆에서 거들었다. 나뿐 아니라 소미도 제법 요리를 한다. 엄마에게는 집안일은 절대 남에게 맡기면 안 된다는 신조가 있다. 엄마가 회사에서 사원들에게 일을 시켜 보니, 학교 공부를 잘하던 사원들이 공부머리는 좋은데 일머리가 모자란 경우가 많다고 했다. 엄마는 자기 힘으로 일해본 사람, 성실하게 몸을 놀릴 줄 아는 사람이 회사일도 잘한다고 했다. 그래서 엄마는 집에서도 나와 소미에게 집

안일을 꼭 시킨다. 요리에 청소에 설거지에 빨래까지 웬만한 집안일은 소미도 꽤 잘한다. 그러니 진서 같은 애는 우리 엄마를 이해하지 못할 것이다. 큰 회사를 책임진 최고경영자고, 넓은 집에 부자로 살면서 가정부 한 명 쓰지 않고 모든 집안일을 손수 다 하는 우리 엄마가 진서 눈에는 이상하게 보일 것이다.

"먹고 싶은 거 있으면 배달시켜서 먹어. 설거지는 절대 미루지 말고."

"엄마 출장이 한두 번도 아닌데 새삼스럽긴. 내가 다 알아서 할게."

"전에 설거지 잔뜩 쌓아뒀던 일은 그새 까먹은 모양이네."

"그땐 졸렸다니까."

"또 핑계를……."

엄마 입에서 '핑계'라는 말이 나오면 재빨리 물러나야 한다. 엄마는 솔직함을 좋아한다. 잘못을 들켰을 때 곧바로 인정하면 웬만큼 큰 잘못이라도 가볍게 넘어가지만, 자꾸 핑계를 대면 아무리 가벼운 잘못이라도 따끔하게 혼을 낸다.

"네네, 어머니!"

나는 장난으로 곤란한 상황을 넘겼다.

"피아노 선생님은 이번 주에 못 오실 거야."

"어, 들었어."

"소미야, 수학 선생님이 보충수업 시간을 잡아달라고 하던데 피아노 시간에 하는 건 어때?"

"그럴게."

소미가 밝게 대답했다.

"영어 선생님이 뮤지컬 영상을 보내주신다니까 꼭 확인하고."

우리 자매는 학원을 안 다닌다. 전부 집에서 과외를 받는다. 과외 선생님들은 다 여자다. 아빠가 돌아가신 뒤로 우리 집에 남자는 단 한 명도 들어온 적이 없다.

"급한 연락인데 엄마가 안 받으면 정 비서한테 도움을 청해."

"이번에는 정 비서님이 수행이야?"

"응. 그리고 소미야, 장난감 어디 있냐고 전화하지는 마."

"그때는 급했단 말이야."

소미가 뾰로통하게 대답했다.

"그 정도는 언니한테 찾아달라고 해."

"언니한테 말했는데 못 찾았어."

"비서는 내가 하는 회사 업무를 보조하는 사람이지 내 가정사를 처리해 주는 사람이 아니야. 급할 일은 어쩔 수 없이 부탁하지만, 장난감 찾는 일로는 전화하지 않는 게 예의야."

이럴 때 보면 엄마는 아빠와 많이 닮았다. 아빠도 참 고지식했다. 공과 사를 철저히 구분했다. 집에서는 한없이 다정해서, 엄마에게 심하게 야단맞을 것 같으면 얼른 아빠 품으로 도망쳤다. 그렇지만 소방관 업무와 얽히면 달랐다. 한번은 근무시간에 아빠에게 전화했더니 받지 않아서 친한 아빠 후배에게 전화한 적이 있었다. 그냥 아빠 목소리가 듣고 싶었다. 전화를 건네받은 아빠는 다정하게 통화를 마쳤지만, 집에 와서는 심하게 나를 꾸짖었다. 소방관은 생명과 재산을 지키는 사람이라서 내가 건 전화가 예상치 못한 걸림돌이 될 수도 있다고 했다. 아빠가 전화를 못 받을 때는 그럴 만한 사정이 있으니 통화하고 싶어도 참아야 한다면서. 이제는 아무리 통화하고 싶어도 아빠가 전화를 받지 않는다. 아빠에게는 영원히 바뀔 수 없는 사정이 생기고 말았다.

등교하자마자 선생님에게 연화 소식을 확인했다. 안타깝게도 아무런 소식이 없었다. 연화 몸집이면 찾기가 쉬울 텐데, 어찌 된 일인지 학교 주변뿐 아니라 시내 중요 지점에 설치된 CCTV에서도 흔적조차 보이지 않는다고 했다.

"마치 물이 증발하듯이 사라져 버렸어."

선생님 말씀처럼 사라진 연화 행방을 찾는 일은 미궁 속이었다.

"경찰에서 공개수사로 전환하려고 한대. 그래서 말인데 혹시 뚱뚱해진 뒤에 찍은 연화 사진이 없을까? 학교에 있는 사진은 살찌기 전이라 도저히 같은 사람이라고 보기 어려워서. 1학기 학교 행사 때 찍힌 사진이라도 있나 해서 찾아봤는데 한 장도 없어."

"행사할 때 사진을 꽤 많이 찍지 않았나요?"

"그러게 말이야. 그게 참 이상해. 단 한 장도 없어."

"애들이 찍은 사진이 있을지도 모르니 애들한테 수소문해 볼게요."

"그래, 빨리 찾아보자. 아무래도…… 아, 아니다."

선생님이 걱정하는 게 뚜렷하게 느껴졌다. 내 예감도 불길했다. 끔찍한 상상이 수없이 떠올랐다. 불길한 예감은 얼마 지나지 않아 현실로 나타났다. 그러나 그 현실은 내 상상을 뛰어넘었다. 아니 상상조차 해본 적 없는 비극이었다.

선생님을 만나고 일어서는데 경찰이 교무실로 들어왔다. 선생님과 경찰이 인사를 나누는 모습을 보며 교무실을 빠져나왔다. 교실에 와서 혹시 연화 사진이 있는지 찾아달라고 부탁했다.

"학탈 뒤에 가출한 애를 뭐 그렇게 찾아?"

이번에도 수경이었다.

사태를 심각하게 받아들이던 애들은 수경이 말을 듣고 웅성거렸다. 수경이를 그대로 두었다가는 애들이 제대로 움직이지 않을 듯했다.

"조금 전에도 경찰이 학교에 왔어. 가출이라고 판단했다면 경찰이 이렇게까지 수사하겠니? 그렇게 확신하는 근거가 있으면 네가 경찰에 가서 말해."

내가 세게 쏘아붙였다.

수경이는 뭐라고 대꾸하려다 진서가 말리자 입을 삐죽 내밀고는 혼자 밖으로 나가버렸다.

"연화를 찾는 데 필요하니 스마트폰이나 SNS 같은 데서 연화 사진을 꼼꼼하게 찾아보고, 발견하면 나한테 꼭 알려줘."

신신당부하고 자리에 앉아 꼼꼼하게 내 스마트폰을 뒤졌다. 지난 일요일에도 몇 번이나 찾아봤다. 우연히라도 찍힌 사진이 있는지 몇 번이나 뒤졌지만 연화 사진은 없었다. 다른 친구들도 열심히 찾는 것 같았지만, 1교시 수학 선생님이 들어올 때까지 연화 사진을 찾은 사람은 아무도 없었다.

선생님에게 단체 인사를 하고 자리에 앉는데, 선생님이 손가락으로 수경이 자리를 가리켰다.

"저기 수경이 자리 아니니? 수경이 안 왔어?"

선생님이 물었다.

"아뇨, 조금 전에도 있었는데요."

옆자리에 앉은 진서가 대답했다.

"화장실에 갔다가 아직 안 온 거야?"

"모르겠어요."

"하여튼······."

선생님이 혀를 세게 찼다.

"자, 오늘은 지난주에 이어서······."

선생님이 교과서를 펴며 수업을 막 시작하려고 할 때였다. 여러 사람이 시끄럽게 뛰어가는 소리가 복도에서 들렸다.

"도대체 누가······."

수학 선생님은 인상을 찌푸리더니 교실 문을 열고 복도로 고개를 내밀었다.

"어, 박 선생님! 무슨 일이에요?"

박 선생님이라면 우리 반 담임 선생님이다.

"수경이가 쓰러져……."

그 뒷말은 못 들었지만 수경이에게 안 좋은 일이 생긴 게 분명했다.

"회장!"

나는 벌떡 일어났다.

"선생님 올 때까지 떠들지 않게 잘 통솔해!"

그리고는 수학 선생님도 담임 선생님 뒤를 따라갔다. 웅성거리는 애들을 진정시키려고 하면서도 나 역시 궁금증을 억누르기 힘들었다. 응급차 소리가 들리고 얼마 뒤 수학 선생님이 교실로 돌아왔다. 선생님은 침착한 표정을 지으려고 애썼지만 불안과 당황을 다 지우지는 못했다.

"쌤, 무슨 일이에요?"

"수경이는요?"

애들이 앞다퉈 물었다.

"구급차에 실려 갔어. 급식실 정수기 앞에 쓰러진 수경이를 영양사 선생님이 발견했어. 의식을 잃은 상태인데 왜 쓰러졌는지는 몰라. 자세한 결과가 나오면 알려줄 테니 너무 걱정하지 마."

우리에게 걱정하지 말라고 했지만, 정작 선생님 얼굴빛은 몹시 어두웠다. 수업은 엉망이었다. 선생님도 우리도 수업에 집중하지 못했다. 수업 전까지만 해도 멀쩡하던 수경이가 어쩌다 정수기 앞에서 쓰러졌을까? 혹시 내가 모르는 병이라도 있었을까? 아니면 사고를 당한 걸까? 1교시가 끝나고 소식통들이 이 반 저 반 오가며 소식을 긁어 모았지만 내 의문을 풀어줄 만한 정보는 없었다.

2교시가 끝나고 수경이가 쓰러진 곳으로 갔다. 경찰이 정수기 근처로 접근하지 못하게 막았다. 정수기 근처에 둘러쳐진 노란 'Police Line' 테이프가 선명했다. 그 주변으로 하얀 옷을 입은 사람들이 오가는 모습이 보였다. 연화를 찾으러 온 경찰이 수경이가 쓰러진 현장을 확인하고 의심스러운 점을 조사하는 모양이었다. 경찰은 무엇이 의심스러워 저렇게 조사하는 걸까? 혹시 이 사건도 연화가 실종된 사건과 관련이 있을까? 엉킨 실타래처럼 머리가 혼란스러웠다.

3교시 쉬는 시간에는 더 심각한 사건이 벌어졌다. 수경이 걱정을 하며 민혜, 진서와 함께 화장실에 갔다. 여학생들은 화장실에 갈 때면 친구와 같이 몰려가는데 우리도 그랬다. 나와 진서가 먼저 볼일을 보고 나왔고, 마지막으로 민혜가 들어갔다. 시간이 좀 오래 걸렸다. 쉬는 시간이 거의 끝나가는 데도 나오지 않았다.

"야, 안 나오고 뭐 해?"

진서가 다그쳐도 반응이 없었다.

"이민혜!"

진서가 크게 이름을 불렀지만 여전히 반응이 없었다. 갑자기 불길한 생각이 스쳤다.

쾅쾅쾅!

내가 세게 문을 두드렸다.

"무슨 일 있어?"

그때 갑자기 안에서 부딪치는 소리가 들리더니 문이 심하게 흔들렸다.

"민혜야! 왜 그래?"

민혜는 말이 없고, 문은 더 심하게 요동쳤다. 문이 부서질 듯했다. 무서워서 뒷걸음질을 쳤다. 격렬하던 소음이 갑자기 잦아들더니 변기 물이 내려가는 소리가 들렸다. 문이 열리고 아무 일도 없던 듯이 민혜가 나오기를 바랐다. 바람은 이루어지지 않았다. 갑자기 문이 통째로 뜯겨 나가며 강한 선풍기 바람에 날리는 종이인 듯 내던져졌다. 곧이어 다리가 부러진 의자처럼 민혜가 문밖으로 쓰러졌다.

"민혜야!"

나는 황급히 민혜에게 다가갔다. 온몸이 물에 젖어서 축축했다. 옷을 입은 채 물에 빠진 사람 같았다. 코에 손을 댔다. 호흡이 없었다. 응급상황이었다.

"호흡이 없어! 빨리 선생님들한테 전해!"

진서에게 다급하게 지시했다. 그러나 진서는 겁을 집어먹고 넋이 빠진 듯 멍하니 서 있었다.

"안 가고 뭐 해? 빨리 가!"

내가 고함친 뒤에야 진서가 화장실 밖으로 빠져나갔다.

나는 곧바로 심폐소생술을 시행했다. 아빠 덕분에 나는 어릴 때부터 심폐소생술을 제대로 배웠다. 해수욕장에 놀러 갔다가 물에 빠진 사람에게 심폐소생술을 한 적도 있다. 나는 침착하게 양손을 위아래로 겹쳐 깍지 낀 후 민혜 가슴 중앙에 손바닥 아랫부분을 댔다. 팔꿈치를 쫙 펴서 내 팔과 민혜 몸이 수직이 되도록 하고는 온 힘을 다해 압박했다. 여러 번 강하게 압박해도 여전히 호흡이 없었다. 목을 받치고 머리를 뒤로 젖혀 기도를 열었다. 민혜 코를 막고, 있는 힘껏 입에 숨을 불어넣었다. 가슴이 부풀어 오를 만큼 세게 불어넣은 후, 입과 코를 열어 공기가 빠져나오도록 했다. 인공호흡을 다시 한번 하고 숨을 확인했다. 여전히 호흡이 없었다. 다시 가슴을 누르고 인공호흡을 했다. 두 번째 인공호흡 후에야 민혜 숨이 트였다. 천만다행이었다. 등에서 식은땀이 흘렀다.

"민혜야, 괜찮니?"

호흡은 트였지만 민혜는 내 말에 반응하지 않았다.

그때 화장실에 선생님들과 경찰이 다급히 들어왔다. 나는 자리를 비켜주었다. 조금 뒤에 구급차가 도착해서 민혜는 병원으로 실려 갔다. 오늘만 두 번째였다. 경찰은 나에게 어찌 된 상황인지 꼬치꼬치 캐물었다. 나는 본 대로 말했다. 경찰은 이해되지 않는다면서 거듭 물었지만 내가 목격한 사실을 달리 말할 수는 없었다. 진서도 내가 본 그대로 말해서 경찰은 몹시 곤혹스러워했다. 이해하기 힘든 상황이었으니 그럴 만했다. 경찰은 조사를 마치며 칭찬을 덧붙였다.

"침착하게 심폐소생술로 목숨을 구하다니 훌륭하네. 구조대원들도 다들 놀랐어, 어린 나이에 그렇게 침착하다니."

칭찬받았지만 기쁘다는 생각이 들지 않았다. 수경이에 이어 민혜까지 사고를 당한 게 아무래도 심상치 않았다. 진서는 나보다 훨씬 불안해했다. 자기도 수경이나 민혜처럼 사고를 당할지도 모른다며 걱정했다. 나는 그럴 일 없을 거라며 위로했지만 진서는 불안을 떨쳐내지 못했다. 학교 분위기는 엉망이었다. 두 명이나 이상한 일을 당해서 구급차에 실려 갔으니 수업이 제대로 될 리가 없었다. 점심을 먹고 난 뒤에 담임 선생님이 오후 수업이 취소되었다면서 집으로 가라고 했다. 몇몇 애들은 수업 안 하고 집에 가는 게 마냥 즐거운지 웃고 떠들었지만, 대부분은 잇달아 벌어진 사건이 풍기는 음습한 기운에 짓눌려 표정이 어두웠다.

혼자 집에 있는데 불길한 예감이 쓰러지는 도미노처럼 이어졌다. 이대로 끝나지 않을 듯했다. 더 안 좋은 일이, 훨씬 심각한 일이 이어질 것만 같았다. 연화는 흠뻑 젖은 속옷만 남긴 채 물이 증발하듯이 화장실에서 사라졌다. 수경이는 정수기 앞에서 혼수상태로 발견되었다. 화장실에 들어갔던 민혜는 온몸이 젖은 채 심장이 멎었다. 셋이 겪은 일을 떠올리다 문득 기묘한 공통점이 보였다. 나는 내 예감을 확인하기 위해서 담임 선생님에게 연락했다.

"아직 깨어나지 않았지만 네가 대처를 잘해서 민혜는 괜찮아. 수경이는 민혜보다 상태가 안 좋지만 생명에 지장은 없을 거래. 그러니 안심해."

선생님은 내가 민혜와 수경이가 걱정돼서 전화한 줄 알았는지 곧바로 두 사람 상태를 알려주었다. 물론 걱정되기는 했지만 내가 전화한 까닭은 그게 다가 아니었다.

"혹시 수경이를 발견했을 때, 몸이 젖은 상태였나요?"

"어, 네가 그걸 어떻게 알았어? 그거 비밀인데 누가 말해줬니?"

"아뇨, 그냥 그럴지도 모른다고 짐작했어요."

"아, 참! 네가 민혜를 처음 발견했지. 안 그래도 괴상한 일이야. 의료진에게 전해 들었는데 둘 다 마치 물에 빠진 사람 같다고 했어. 도대체 어찌 된 일인지……."

나도 모르겠다. 뭐가 어떻게 된 일인지 전혀 모르겠다. 그렇지만 누구를 만나서 앞뒤 상황을 파악해야 할지는 명확해졌다. 나는 진서한테 전화를 걸었다.

"금요일에 무슨 일이 있었지?"

일부러 생각할 틈을 주지 않고 물었다.

"뭔 소리야?"

진서가 발끈했다.

반응을 보니 밝히기 싫은 비밀이 있는 게 틀림없었다. 전화로는 진실을 알아내기 어려워서 직접 진서를 찾아가기로 마음먹었다. 시간을 확인했다. 아직 소미가 올 시간은 아니었다.

"내가 바로 갈 테니 만나서 얘기해."

"됐어. 싫어!"

진서가 짜증을 냈다.

"갈 테니 기다려."

나는 진서 반응 따위는 아랑곳하지 않았다.

어차피 같은 아파트 단지라서 시간도 얼마 안 걸리고, 예전에 몇 번 진서네 집에 놀러 간 적도 있어서 어색한 방문도 아니었다. 나는 곧바로 진서네 집으로 향했다. 5분도 되지 않아 나는 진서네 집 초인종을 눌렀다.

"루미 왔구나."

진서 엄마가 반갑게 나를 맞이했다.

"안녕하세요."

진서가 보이지 않았다. 그새 나를 피해 밖으로 나갔을까?

"진서는 없나요?"

"화장실에 있어. 들어와."

거실 소파에 앉아서 진서가 나오기를 기다렸다.

"진서야! 루미 왔다."

진서 엄마는 화장실을 향해 크게 말하고는 부엌으로 갔다.

쿵!

화장실에서 뭔가 부딪치는 소리가 났다. 그리 큰 소리는 아니었지만 뚜렷이 들렸다. 갑자기 불길한 예감이 들었다. 순간 낮에 있었던 민혜 사건이 겹쳐졌다. 나는 벌떡 일어나서 진서가 들어간 화장실로 뛰었다.

"진서야! 괜찮아?"

아무 소리도 들리지 않았다.

"진서야!"

크게 소리를 질렀다. 역시 대답이 없었다. 진서 엄마도 놀라서 화장실 앞으로 왔다.

"진서야, 임진서! 무슨 일이야?"

대답이 없자 진서 엄마는 문손잡이를 잡고 흔들었다. 문이 꽉 닫힌 채 열리지 않았다. 진서 엄마는 당황해서 어쩔 줄 몰랐다. 나는 주변을 두리번거리다 진서 방으로 가서 클립을 찾았다. 책상 서랍 두 번째 칸에서 클립을 찾은 후 다시 화장실 앞으로 갔다. 클립을 편 뒤에 문고리 구멍에 넣었다. 잠금장치가 풀리면서 손잡이가 오른쪽으로 돌아갔다. 진서 엄마가 문을 여는 것과 동시에, 물이 배수구로 소용돌이치며 빠져나가는 소리가 들렸다. 진서는 물에 젖은 수건처럼 바닥에 쓰러져 있었다. 내가 민혜를 처음 발견했을 때와 같은 상태였다.

"진서야!"

진서 엄마가 진서를 껴안고 마구 흔들었다. 응급상황에서 절대로 하면 안 될 행동이었다. 그때 세면대 구멍에서 검은 액체가 징그럽게 솟아올랐다. 진서 엄마는 쓰러진 진서를 살피느라 보지 못했지만 나는 똑똑히 보았다. 액체는 흐느적거리며 움직였는데, 마치 생명이라도 있는 것 같았다. 검은 액체는 쓰러진 딸을 흔들며 애처로워하는 진서 엄마를 지긋이 응시하는 듯했다. 눈도 없고 어떤 감각 기관도 보이지 않았지만 왠지 그런 느낌이 들었다. 세면대 위에서 꿈틀거리는 검은 액체가 수경이와 민혜, 그리고 진서를 공격한 것이 분명했다. 어쩌면 연화가 사라진 사건과도 관계가 있을 것이다. 그런데 이상하게도 두렵지 않았다. 나는 검은 액체를 향해 손을 뻗었다. 내 손이 다가가자 검은 액체가 움츠러들더니 소용돌이를 일으키며 세면대 안으로 사라져 버렸다.

그때까지도 진서 엄마는 정신없이 딸 이름을 부르며 어깨를 흔들어대고 있었다. 나는 진서 엄마를 가볍게 밀치고 진서 상태를 살폈다. 호흡이 몹시 거칠었다. 감긴 눈을 열어보니 눈동자가 빛에 자연스럽게 반응했다. 목에 손을 대고 맥박을 확인했다. 조금 빠르게 뛰기는 했지만 큰 문제는 없어 보였다. 얼굴빛도 정상이었다. 충격 때문에 잠깐 정신을 잃었지만 몸에 큰 문제는 없는 것 같았다.

"진서를 방으로 옮기고, 옷을 갈아입혀야겠어요."

진서 엄마와 나는 힘을 합쳐 진서를 방으로 옮겼다. 진서를 침대에 눕힌 뒤 나는 방 밖으로 나왔고, 그 사이에 진서 엄마가 옷을 갈아입혔다. 조금 뒤 다시 방에 들어갔더니 진서가 깨어났다.

"진서야, 괜찮니? 정신이 들어?"

"엄마!"

진서가 엄마를 부르며 울음을 터트렸다.

"그래그래. 괜찮아! 괜찮아!"

진서 엄마가 진서를 안고 다독였다.

한참을 울고 난 뒤에 진서는 침대에서 몸을 일으켰다.

"도대체 무슨 일이야? 어떻게 된 일인지 기억나니?"

진서 엄마가 물었다.

진서는 크게 숨을 들이켰다.

"기억 안 나니?"

진서 엄마가 다시 물었다.

가늘게 숨을 내쉬는 진서 얼굴에 공포가 어렸다. 그러고는 힘겹게 한 낱말을 토해냈다.

"괴물."

"괴물이라니 무슨 말이야? 너 아직 정신이 안 든 거야?"

"괴물."

침대 끝에 앉아 있던 진서 엄마가 나를 쳐다봤다.

"진서가 정신이 없나 봐. 병원에 데려가야겠어."

내가 보기에는 진서 엄마가 더 정신이 없어 보였다.

"괴물을 봤다니까!"

진서가 짜증을 내며 소리쳤다.

"알아, 그 괴물. 나도 봤어."

내가 말했다.

"그게 뭔 소리니?"

진서 엄마가 말했다.

"너도 봤지? 그렇지? 괴물 맞지?"

"응, 검은빛을 띠는 액체 괴물을 나도 봤어."

"아니, 그게 아니라니까!"

진서는 몸과 팔을 뒤흔들며 거세게 말했다. 진서가 본 괴물이 내가 본 그 검은 액체가 아니란 말일까? 혹시 전혀 다른 괴물이었을까?

"화장실 문을 열고 들어갔을 때 세면대 위에서 검은빛을 띤 액체 괴물을 봤어. 그 괴물이 너를 공격한 거 아니야?"

내가 물었다.

"맞아, 근데 그거……."

진서 눈빛이 심하게 요동쳤다. 괴물에게 공격당했을 때를 떠올리자 다시 공포가 찾아든 듯했다.

"그게 뭐?"

"그거, 우리 학교 괴물이었어."

"우리 학교 괴……?"

우리 학교 괴물이 뭐냐고 물어보려다 번개처럼 '괴물'이라는 단어에서 한 사람이 떠올랐다. 설마, 그럴 리가 없다. 어처구니없는 망상이었다. 절대 사람이 그렇게 될 리가 없다. 그러나 진서가 지칭하는 우리 학교 괴물은 단 한 명밖에 없다.

"너, 설마 연화를 말하는 거니?"

진서가 입을 꾹 다물고 고개를 끄덕였다.

"연화가……."

나는 뒷말을 집어삼켰다. 그러고는 눈빛으로 신호를 보냈다. 진서는 내 신호를 알아차렸다.

"엄마, 잠깐만 나가줘."

"엄마도……."

"나가달라고."

진서가 격렬하게 소리 지르자 진서 엄마는 마지못해 자리를 비켜주었다.

"문밖에서 몰래 엿듣지 마!"

진서 엄마는 못마땅해하면서도 딸이 말한 대로 해줬다. 나는 침대에 앉아서 진서에게 바짝 다가갔다.

"그 검은 액체 괴물이, 정말 연화였어?"

진서를 다그쳤다.

"연화 맞아."

진서는 확신했다.

"사람이 어떻게 그런 액체가 돼?"

"내가 그걸 어떻게 알아!"

"그럼 왜 그렇게 확신해?"

"목소리가 들렸으니까."

예상치 못한 대답이었다.

"연화 목소리가 들렸어."

"잘못 들은 거 아니야?"

"착각이 아니야. 뚜렷하게 들렸어. 내 몸을 휘감더니 내 귀에 대고 말했단 말이야."

"뭐라고 했는데?"

진서는 몸을 부르르 떨었다. 한겨울에 얇은 옷만 입은 채 들판에 던져진 사람처럼 이를 덜덜 떨고, 얼굴이 창백해졌다. 얼른 진서 손을 꼭 잡았다. 손바닥으로 한기가 흘러들었다. 내 안에서 나온 온기가 그 한기와 부딪쳤다. 온기와 한기가 팽팽히 맞서다가 점점 온기가 한기를 밀어냈다. 점점 얼굴빛이 돌아오고 떨림도 가라앉았다.

"연화가 뭐라고 말했어?"

이번에는 차분하게 물었다.

"너에게도, 다시는, 좋은 날이, 오지, 않을, 거야."

진서는 낱말과 낱말 사이를 뚝뚝 끊었다.

좋은 날이 오지 않는다니? 연화가 음악 시간에 불렀던 노래가 떠올랐다. 어차피 자기 삶은 언제나 싫은 날이었다는 한탄도 기억났다. 좋은 날이 오지 않는다는 경고는 진서가 착각으로 지어낼 만한 말이 아니었다.

"똑똑히 들었어. 머리부터 발끝까지 나를 휘감더니 내 목을 조르면서 부드럽게 속삭였어. 너에게도 다시는 좋은 날이 오지 않을 거라고. 그 목소리가 영락없는 연화였어. 노래 부르듯이 속삭였는데, 그게 더 소름 돋았어."

그 순간에 겪은 공포가 되살아난 듯했지만 진서는 조금 전처럼 떨지는 않았다. 나는 진서 손을 놓고 뒤로 조금 물러났다. 그 검은 액체 괴물이 연화가 맞다면 연화가 셋을 공격한 이유는 명확했다. 그동안 자신을 괴롭힌 것에 대한 복수. 그렇지만 연화가 그리 변한 까닭은 여전히 미지수였다. 도대체 연화에게 무슨 일이 있었길래 그렇게 변했을까? 그 비밀을 알려면 지난 금요일에 연화에게 무슨 일이 있었는지부터 알아야 했다.

나는 앞뒤 자르고 곧바로 물었다.

"너희 셋, 지난 금요일에 연화에게 무슨 짓 했어?"

잠시 고개를 숙이고 숨을 고르던 진서는 그날 일을 들려주었다.

"이게 다 수경이 때문이야."

엄마는 책임을 남에게 떠넘기는 짓을 몹시 싫어하는데, 엄마 딸인 나도 마찬가지다. 첫마디부터 책임을 떠넘기는 게 언짢았지만 내버려 두었다.

"탈의실에서 체육복을 갈아입고 나오는데, 수경이와 민혜가 까만 비닐봉지를 들고 나타났어. 그게 뭐냐고 물었더니 연화 옷이라고 했어. 연화가 화장실에서 옷을 갈아입을 때 교복은 화장실 칸막이 위에 걸쳐놓고, 체육복은 옷걸이에 걸어놓았는데 둘이 화장실 양쪽 칸으로 들어가서 동시에 훔친 거야. 훔치자고 제안한 사람은 수경이였고, 민혜는 재미있겠다면서 같이 했어. 나는 마음에 들지 않았지만 막진 않았어. 그 둘과 다투기 싫었거든."

"연화 옷은 어떻게 했어?"

"셋이 나눠서 각자 사물함에 넣어뒀다가 수업 마치고 집에 갈 때 쓰레기통에 버렸어."

아무 거리낌도 없이 그런 못된 짓을 벌이다니 기가 막혔다.

"그럼 연화는 그냥 화장실 안에 갇힌 거야? 속옷만 입은 채?"

"그랬……겠지."

"너는 그걸 알면서도 계속 모른 척했고?"

부아가 치밀었다.

"어떻게 그런 짓을 해? 별생각 없이 못된 짓을 했더라도, 체육 시간이 끝난 뒤에는 옷을 돌려줬어야지."

내가 추궁했지만 진서는 입을 꾹 다문 채 아무런 대꾸도 하지 않았다. 잘못을 뉘우친다기보다는 추궁당하는 걸 싫어하는 느낌이어서 더 화가 났다. 더 뭐라고 하려다가 그만두었다. 이제 와서 잘잘못을 따져 봐야 아무 소용없었다. 나는 화를 가라앉히고 차분하게 말했다.

"내가 화장실 문을 열었을 때, 연화는 없고 젖은 속옷만 바닥에 놓여 있었어. 옷을 훔친 뒤에 어떻게 됐는지는 나도 몰라. 연화가 사라졌다는 말을 듣고 연화가 입을 옷을 찾아서 어디로 갔을 거라고만 생각했어."

진서 말만 들어서는 연화에게 무슨 일이 생겼는지 분명하게 파악하기 어려웠다. 확실한 것은 화장실 안에 갇혀서 연화가 검은 액체 괴물이 되었다는 사실이었다. 왜 그런 해괴한 현상이 일어났는지는 모르지만 연화는 괴물이 되었다. 애들이 연화를 놀리며 부르던 별명이 현실이 되고 말았다. 아무래도 연화네 집에 가봐야겠다는 생각이 들었다. 거기 간다고 해서 원인을 명확히 알아낸다는 보장은 없지만, 작은 실마리라도 찾으려면 가봐야만 했다.

그때 내 전화기가 울렸다.

"언니, 어딨어?"

"여기, 진서 언니네 집이야."

"나 지금 집에 왔어."

"알았어. 갈게."

전화를 끊고 일어났다.

"내일 연화네 집에 갈 거야."

진서도 따라 일어섰다.

"체험학습 신청하고 오전에 갈 생각인데, 혹시 너도 같이 갈 마음이 생기면 연락해."

진서는 가타부타 말하지 않았다.

엄마는 잘못을 저질렀으면 뒷일도 스스로 감당해야 한다고 늘 강조했다. 나와 소미가 잘못할 때면 꼭 스스로 뒷감당을 하게 만들었다. 진서는 책임지고 싶지 않은 표정이 역력했다. 수경이도 그렇고 진서도 그렇고 아무래도 내가 친구를 잘못 사귄 모양이다.

방문을 열고 나오는데 물소리가 들렸다.

"엄마, 물 잠가!"

느닷없이 진서가 소리를 질렀다.

"물 잠그라고. 빨리! 안 잠그고 뭐 해?"

진서는 주먹을 꽉 쥐고 발까지 동동거렸다.

진서 엄마는 딸이 미친 듯이 소리를 지르자 놀라서 싱크대 물을 재빨리 잠갔다. 진서 얼굴이 다시 새파랗게 질렸다.

샘골에 닥친 비극

04

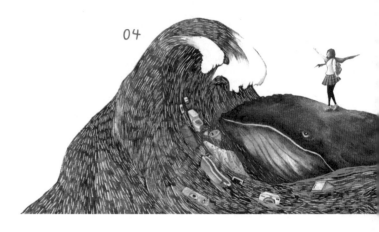

"네가 왜?"

"책임을 져야죠."

"책임? 네가 왜 책임져?"

"그동안 내내 모른 척했잖아요."

"마치 선생님 들으라는 말 같구나."

나는 남을 탓하고 싶은 마음은 없었다.

"주소 좀 알려주세요."

"어머니는 아시니?"

"엄마는 출장 가셨어요. 그리고 제 일은 제가 책임져요."

"무모한 짓은 하지 마."

"걱정하지 마세요. 저는 제 깜냥만큼만 해요."

"주소는 문자로 보낼게. 급한 일이 생기면 바로 연락해. 수업 중이라도 받을 테니."

잠시 뒤 연화네 주소가 문자로 왔고, 곧바로 앱을 이용해 택시를 불렀다. 택시가 오는 시간에 맞춰 집을 나서는데 진서한테 전화가 왔다.

"언제 가?"

습기라고는 없는 메마른 목소리였다. 사막에서 오랫동안 삭풍을 얻어맞은 뒤에 처음 내뱉는 말 같았다.

"택시 불렀어. 곧 도착할 거야."

"가지 말고 잠깐만 기다려."

택시를 탄 채 5분쯤 기다리니 진서가 내려왔다. 꼴이 엉망이었다. 머리카락은 푸석푸석하고, 얼굴은 초췌하고, 입술도 바짝 말라 있었다. 늘 예쁘게 꾸미고 다니는 모습만 봐서 그런지 몹시 낯설었다. 한 번도 본 적 없는 이방인처럼 느껴졌다.

얼른 택시에서 내려 문을 열어주었다. 진서는 택시 뒷좌석에 털썩 주저앉았다.

"괜찮니?"

진서는 힘없이 고개를 푹 숙였다.

바짝 마른 입술이 물도 제대로 못 마신 듯했다. 나는 가방에서 작은 물병을 꺼내 건넸다.

"이거 마셔."

내 손에 들린 물병을 보더니 진서는 흠칫 놀랐다. 물을 받으려고 하지 않았다. 아무래도 어제 그 일을 겪은 뒤에 물 한 모금도 마시지 않은 모양이다. 나는 뚜껑을 열고 입을 대지 않은 채 물을 조금 마셨다.

"봐. 괜찮지?"

진서는 조심스럽게 받아들더니 정신없이 물을 마셨다.

"너 어제 그 일을 겪은 뒤로 화장실에도 안 갔지?"

진서가 고통스럽게 고개를 끄덕였다.

"기사님! 저기 주유소에 잠깐만 세워주세요."

택시가 주유소에 섰다. 내리지 않으려는 진서를 억지로 끌어내렸다.

"계속 참다가는 죽어."

나는 진서 손을 잡고 화장실에 같이 들어갔다. 진서는 겁을 잔뜩 집어먹은 채 힘겹게 볼일을 봤다. 볼일을 보고 난 뒤에야 진서 얼굴이 조금 펴졌다.

택시는 우리를 태우고 다시 연화네 집을 향해 북쪽으로 달렸다. 산허리를 누르고 난 큰길을 따라 달렸다. 엄마 차를 타고 수도 없이 다닌 길이다. 주변 풍경이 예뻐서 길가에 식당이나 카페가 많은 곳이다. 산허리를 넘은 차는 내리막길로 한참을 내려갔다. 택시가 큰길에서 벗어나 시골길로 접어들자 주변 분위기가 급격하게 바뀌었다.

먼저 냄새가 달라졌다. 시골이라고 하면 으레 기대하는 좋은 냄새와는 거리가 멀었다. 처음에는 살짝 거슬리더니 갈수록 불쾌해졌다. 다행히 참을 수 없을 만큼 강한 악취는 아니었다. 차창 밖으로 보이는 풍경은 삭막했다. 시선이 닿는 곳마다 쓰레기 더미가 산을 이루었고, 무슨 무슨 환경이나 자원이라고 써진 낡은 간판들이 덕지덕지 늘어서 있었다. 쓰레기 더미 뒤로 하늘 높이 솟은 콘크리트 탑이 보였다. 탑 꼭대기에서는 연기가 쉼 없이 뿜어져 나왔다.

택시기사는 차를 버스정류장에 세웠다.

"손님, 요청하신 목적지는 차로 갈 수 없는 곳입니다. 저쪽 길로 조금만 가면 되니 여기서 내리셔야 합니다."

나이 지긋한 기사분이 어린 우리에게 존댓말로 대해주니 불쾌한 기분이 조금은 풀렸다. 나는 카드로 택시비를 지불하고 내렸다. 낡은 버스정류장이었다. 구석에는 지저분한 플라스틱 쓰레기가 수북하고, 곳곳에 오래된 전단지가 더덕더덕 붙어 있었다. 버스정류장 맞은편에는 꽤나 큰 공장이 자리했는데, 크고 세련된 건물과 낡은 건물이 뒤섞인 채 하늘로 치솟은 탑을 품고 우뚝 솟아 있었다. 흰색 건물 벽에 초록색으로 쓰인 "깨끗한 환경으로 지구를 살리자"라는 큰 글씨가 유난히 도드라져 보였다. '깨끗한 환경'이라는 표현이 곳곳에 쌓인 쓰레기 산과 전혀 어울리지 않았지만, 글씨는 아랑곳없이 큼지막한 몸집으로 초록빛을 뿜냈다.

우리는 말없이 버스정류장 뒤로 난 길을 걸었다. 볼록하게 솟은 낮은 산에는 말라비틀어진 잎을 단 큰 나무들이 시름시름 앓고 있었고, 길과 나란히 난 도랑에는 시커먼 물이 고여서 썩은 내를 풍겼다. 구부러진 길 끝에서 허물어져 가는 담벼락과 그 담벼락에 겨우 기대고 서 있는 것 같은 파란 대문이 반쯤 열린 채 우리를 맞이했다.

"여기가 맞아?"

진서가 물었다.

나는 선생님이 보내준 문자와 대문 옆에 위태롭게 붙은 도로명 주소를 비교해 보았다.

"맞아. 여기야."

"이런 데서 어떻게……."

진서가 주변을 둘러보더니 말을 잇지 못했다.

반쯤 열린 대문을 열고 안으로 들어갔다. 콘크리트를 덕지덕지 덧댄 마당 곳곳에는 쓰레기가 나뒹굴었다. 파란 지붕 아래로 집 전면을 가린 불투명한 유리창은 햇빛 한 줌이 들어갈 틈조차 허락하지 않았다.

"계세요?"

유리창을 두드렸다. 반응이 없었다.

"안에 아무도 안 계세요?"

더 크게 불렀다.

"저희, 연화 친구예요."

안에서 움직이는 소리가 들렸다. 잠시 기다렸다. 쇠 긁히는 소리가 나며 유리창이 열렸다.

"연화 친구라고?"

연화 할머니는 내가 상상하던 외모가 아니었다. 여든이 넘은 나이라고 믿기 힘들 만큼 살이 통통했고, 심지어 눈가에는 주름도 없었다.

목소리와 구부정한 몸과 하얀 머리카락이 아니었다면 노인이라고 보지도 않았을 것이다.

"네, 연화랑 같은 반에서 공부하는 친구들이에요."

"연화 친구가 집에 오다니…… 어서 들어와요."

할머니가 문을 더 열자 쇳소리가 더 심하게 났다. 나는 신발을 벗고 안으로 들어갔다. 진서는 유리창 안쪽을 살피더니 안으로 들어오지는 않고, 문틀에 엉덩이만 살짝 걸치고 앉았다.

"연화 친구가 집에 온 적이 한 번도 없었는데, 고마워요."

할머니가 두 손으로 내 오른손을 덥석 잡았다. 할머니 손에서 온기가 느껴지지 않았다. 까끌까끌한 촉감이 손등을 심하게 자극했다. 그러다 할머니 손을 보고 깜짝 놀랐다. 얼굴과는 달라도 너무나 달랐다. 뼈가 앙상하게 드러나고, 원래 피부보다 검버섯이 더 많고, 탄력이라고는 찾아보기 힘든 주름진 손이었다. 비슷한 연령대인 할머니들과 견줘도 심하게 거칠었다. 탱탱한 얼굴과 뚱뚱한 몸은 주름지고 늙은 손과 전혀 어울리지 않았다.

"연화가 계속 학교에 안 나와서요."

"안 그래도 경찰이 왔다 갔어."

할머니는 기억력이 정확하고 발음도 분명했다.

"경찰이 연화가 사라졌다고 하던데…… 얘가 어디로 갔는지……."

"혹시 그 뒤로 연화에게서 연락이 온 적은 없나요?"

"요금을 제대로 안 내서 얼마 전에 집전화가 끊겼어."

전화요금을 내지 못해서 끊길 정도면 평소에 어떻게 사는지 대충 짐작이 되었다.

"혹시 그 뒤에 연화 목소리를 듣거나 집에서 이상한 일이 벌어지거나 하지는 않았나요?"

연화가 액체 괴물이 되었다고 말할 수는 없었다. 말해도 믿지 못할 뿐더러 설명하기도 곤란했다.

"걔가 몸이 통통하게 살이 오르더니 자꾸 제 애비 얘기를 꺼냈어."

"애비라면…… 연화 아빠 말씀이세요?"

"응, 연화가 여섯 살 때 제 마누라 찾는다고 집을 나갔는데 여태 안 돌아와."

안 그래도 연화 엄마 아빠 이야기가 궁금했던 터라 말이 나온 김에 얼른 물었다.

"그럼 연화 엄마 아빠는 돌아가신 게 아니네요?"

"그렇지. 어디 살아는 있을 거야."

할머니 눈에서 갑자기 눈물이 흘러내렸다. 나는 얼른 가방에서 휴지를 꺼내 드렸다. 할머니는 눈물을 잠시 닦더니, 앞뒤 없이 연화 어린 시절 이야기를 풀어놓았다. 몇 번이나 묻고 확인한 뒤에야 어떤 일이 벌어졌는지 정리가 되었다.

＊　　＊　　＊

'샘골'이라는 명칭처럼 연화가 사는 동네는 맑은 샘이 곳곳에 많았다. 물이 워낙 좋아서 아는 사람들은 시내에 살면서도 일부러 찾아와 물을 떠 갈 정도였다. 마을 사람들은 도시와는 상관없이 살면서 맑은 물로 농사를 지었다. 맑은 물 덕분에 밥맛이 좋아서 쌀농사만 지어도 먹고 살 만했다. 연화 아빠는 삼대독자였는데, 땅이 그리 많지 않아서 힘들게 농사를 지었다. 농사일이 한가할 때면 도시로 가서 일당 잡부 일을 할 만큼 성실했다. 어느 겨울날, 연화 아빠는 도시로 일을 나갔다가 자기 이름 외에는 아무것도 기억하지 못하는 여자를 데리고 돌아왔다. 여자는 몹시 아팠는데 정성스럽게 돌봐서 건강을 되찾았다. 연화 아빠는 그 여자와 결혼했고, 얼마 지나지 않아 연화를 낳았다. 연화 할머니는 이제껏 살아오면서 그때가 가장 행복했다고 몇 번이나 강조했다.

불행은 맑은 물에서 자라났다. 어느 날, 샘골에 큰 공장이 들어선다는 소식이 돌았다. 업체는 지하수를 플라스틱병에 담아 '먹는 샘물'로 파는 회사였다. 워낙 물이 좋으니 먹는 샘물 업체가 들어오려고 한 것이다. 마을 사람들은 찬성파와 반대파로 나뉘어 격렬하게 다투었는데, 결국 업체는 허가를 받고 들어섰다. 연화네는 별 쓸모도 없는 작은 임야를 소유했었는데, 먹는 샘물 업체가 보상금을 제법 챙겨주었다. 연화네로서는 그때까지 한 번도 만져본 적 없는 큰돈이었다.

"그 돈이 악귀를 불러들였어."

보상금을 받던 날, 기분이 좋아진 연화 아빠는 잘 마시지도 않던 술을 걸치고 늦게 들어왔다. 집에 와보니 돈이 든 통장과 함께 연화 엄마가 사라지고 없었다. 순박하고 성실하게 가정을 돌보던 아내였기에, 연화 아빠는 사고라도 당한 줄 알고 시내 곳곳을 뒤지며 아내를 찾았다. 그러나 연화 엄마가 통장에서 돈을 빼 가는 모습이 찍힌 영상을 보고는 절망했다. 그 뒤에 연화 아빠는 늘 술을 입에 달고 살았다.

샘물 업체가 지하수를 개발하면서 맑은 물이 넘쳐흐르던 샘골에 변화가 생겼다. 멀쩡하던 우물이 마르고, 농사지을 물까지 부족해졌다. 먹는 샘물 회사가 대규모로 지하수를 뽑아내면서 벌어진 현상이었다. 마을 사람들은 업체에 항의했지만 아무 소용없었다. 비가 조금만 적게 와도 농사를 망치는 일이 잦았고, 마을 사람들은 점점 가난해지면서 인심도 팍팍해졌다.

그러다 업체에서 판 물에 오염물질이 발견되었다는 뉴스가 크게 났다. 행정관청에서 조사까지 나오는 등 큰 타격을 받은 업체는 얼마 뒤 다른 회사에 공장을 넘겨버렸다. 그 회사는 쓰레기 소각장을 운영하고, 재활용 폐기물을 처리하는 업체였다. 이미 농사짓기에 부적합한 땅이 되었다고 판단한 마을 사람 몇몇은 재빨리 땅을 팔고 동네를 떠나버렸다. 연화 아빠는 누구보다 빨리 땅을 넘겼다.

"어머니, 그 여자 찾아서 올게요."

연화 아빠는 그 말을 남기고는 땅 판 돈을 챙겨 나가버렸다. 쓰레기 소각장은 점점 커졌고, 폐기물 쓰레기를 쌓아두는 장소도 점점 넓어졌다. 비슷한 다른 업체들까지 들어서면서 마을은 점점 쓰레기로 뒤덮였다. 마을 사람들은 하나둘씩 다 땅을 넘기고 떠났고, 마지막까지 남은 집이 연화네였다. 집을 팔면 다른 데로 이사할 돈이라도 좀 나오겠지만, 연화 할머니는 집 나간 아들을 기다려야 한다며 끝까지 버텼다.

*　*　*

이야기를 다 듣고 나니 마음이 무거웠다. 심장이 큼지막한 쓰레기 더미에 짓눌리는 듯했다.

"아이코, 내 정신 좀 봐. 늙은이가 연화 친구들 앞에서 주책을……."

"아니에요. 저, 혹시 연화 방을 좀 봐도 될까요?"

"연화 방? 연화 방은 따로 없어."

자기 방이 없다니, 나는 그때까지 자기 방이 없는 삶을 상상해 본 적이 없었다. 내가 살아온 세상과 연화가 살아온 세상은 같은 하늘 아래 있지만 같은 세상이 아니었다.

"연화 애비가 쓰던 방은 있는데, 그 방은 애비 오면 쓰라고 내가 비워두었어."

집 나간 아들을 십여 년째 기다리며, 방까지 비워두다니 참 고집스러운 분이었다.

"저쪽 방이야. 늙은이 방이라 냄새가 날 텐데."

"괜찮아요. 잠시 들어가 보고 오겠습니다."

나는 몸을 일으켰다.

"진서야, 같이 들어가 볼래?"

진서가 눈살을 찌푸렸다. 하는 수 없이 나 혼자 방으로 들어갔다. 머리가 천장에 닿을락 말락 할 만큼 천장이 낮았다. 방 크기는 꽤 넓었지만, 온갖 물건들이 수북해서 좁아 보였다. 물건들은 모두 낡았는데, 아무래도 쓰레기장에서 가져온 듯했다. 방 한쪽 귀퉁이에 작은 상이 하나 놓여 있고, 그 위에 교과서가 있었다. 책상 위는 다른 곳과 달리 무척 깔끔했다. 교과서 옆에 공책이 몇 권 보였다. 공책도 낡았는데 쓰레기장에서 가져온 듯 다른 사람 이름이 쓰인 게 많았다. 낡은 공책이지만 글씨는 깔끔했다. 까만 볼펜으로만 정리했는데도 보기에 무척 편했다. 그러다 맨 아래에 깔린 공책을 보고 깜짝 놀랐다.

"설마 연화가 작사 작곡을……?"

처음에는 다른 사람 곡을 베낀 줄 알았는데 음을 짚어보니 아니었다. 들어본 적 없는 음이었다. 애잔함과 서글픔 속에 애써 집어넣은 쾌활함이 감성을 자극했다. 노랫말은 누가 봐도 연화가 썼다고 느낄 만큼 자기 빛깔이 뚜렷했다. 국어 시간에 보여준 시 실력이 우연이 아니었다. 그러다 공책 밑에 곱게 접어놓은 종이를 발견하고는 기가 막혔다. 종이를 이어 붙여서 만든 피아노 건반 그림이었는데, 건반 그림을 얼마나 많이 눌렀는지 손때가 진했다. 정식으로 배우지도 않은 연화가 어떻게 그렇게 피아노를 잘 치는지 궁금했는데 이 종이가 그 비밀이었던 모양이다. 종이 피아노로 연습해서 그 정도로 잘 치다니, 더구나 작곡까지 했다니 그저 놀라울 따름이었다. 이 모든 게 사실이라면 연화는 타고난 음악 천재였다.

책상 밑에 익숙한 우산이 보였다. 우산을 만지려고 손을 내미는데 갑자기 날카로운 비명이 울렸다.

"아아악!"

진서가 놀라서 내지른 소리였다. 나는 종이 건반을 내려놓고 재빨리 밖으로 나갔다. 진서는 마당 한복판까지 도망가서 손가락으로 할머니 쪽을 가리키며 덜덜 떨고 있었다.

"뭐야? 왜 그래?"

"저, 저……."

진서는 입을 제대로 열지 못했다.

"하도 더워하길래 물 한 잔 떠다 줬더니 저러네."

할머니가 진서 대신 상황을 설명했다.

할머니는 영문을 모르겠다는 표정이었다. 나는 얼른 할머니 앞에 놓인 물컵을 살폈다. 컵은 흰색인데 물에 검은빛이 돌았다. 혹시나 컵 안쪽이 검은색이거나 제대로 씻지 않아서 그런 줄 알고 자세히 살폈다. 컵 안쪽은 흰색이었다. 흔들어보니 컵도 제대로 씻긴 상태였다.

"우리 집 물이 작년 겨울부터 저랬어. 그때부터 연화가 살도 통통하게 오르고, 나도 이렇게 피부가 좋아졌어. 좋은 물이야. 마셔봐."

할머니는 진심이었다. 나는 컵을 입 가까이 들었다. 이 동네로 다가올 때 났던 냄새와 똑같은 냄새가 코를 자극했다. 이런 물이 몸에 좋다고 마시다니 설마 치매라도 걸리신 걸까? 조금 전까지 과거 이야기를 풀어놓을 때는 전혀 치매 같지 않았다. 그렇다면 정말 이 물이 좋다고 믿는다는 말이었다.

"할머니, 이 물을 계속 마셨어요?"

"응, 몸에 좋아. 연화가 삐쩍 말라서 늘 안쓰러웠는데, 물이 이렇게 바뀌고부터 통통하고 건강해졌어."

삐삐 말랐던 연화가 겨울방학이 끝났을 때 왜 그렇게 살이 쪘는지, 1학기를 보내면서 왜 점점 살이 빠졌다가 여름방학을 거치면서 왜 다시 그렇게 몸이 부풀었는지, 왜 학교에서 물을 가져가려고 했는지 모든 것이 이제야 이해가 됐다. 할머니 얼굴은 통통한데 손은 쭈글쭈글한 까닭도 짐작이 갔다. 아마 연화는 이 물이 좋지 않다는 걸 알았을 것이다. 그러나 할머니가 저리 나오고 달리 깨끗한 물을 얻을 방법도 없으니, 방학 때면 어쩔 수 없이 이 물을 먹어야만 했을 터였다.

"할머니, 이 물은 별로 안 좋아요. 마시면 안 돼요."

오염된 물을 계속 마시게 둘 수는 없었다.

"어이 참, 물이 참 좋다니까."

그러면서 할머니는 내가 말릴 새도 없어 물을 벌컥벌컥 들이마셨다. 오염된 물을 아무렇지도 않게 마시다니 직접 보면서도 믿기지 않았다.

"봐, 이 물이……."

맑게 웃음 짓던 할머니 표정이 점점 일그러졌다. 목을 손으로 움켜쥐더니 거친 숨을 몰아쉬었다.

"할머니! 왜 그러세요?"

할머니 얼굴빛이 점점 검은빛으로 변해갔다. 긴급 상황이었다.

"진서야! 빨리 119에 전화해. 빨리!"

진서에게 말하면서 재빨리 할머니 입안에 손가락을 집어넣었다. 방금 마신 물을 토하게 하려는 의도였다. 할머니는 헛구역질을 몇 번 하더니 검은 물을 쏟아냈다. 얼굴빛이 더는 검게 변하지 않았지만 여전히 좋지 않았다. 호흡도 일정치 않았고, 맥박도 불안정했다. 마당 쪽으로 시선을 돌려보니 진서는 부들부들 떨면서 어찌할 바를 몰랐다.

"연락 안 하고, 뭐 해?"

세게 다그쳐도 소용없었다.

나는 재빨리 스마트폰을 꺼내 119를 눌렀다. 연결되자마자 빠르게 할머니가 위독하다고 말하고는, 쓰레기 소각장 회사 이름과 연화네 주소를 동시에 알려주었다. 주소만 말하기보다 쓰레기 소각장 회사 이름을 알리는 게 더 빨리 찾을 수 있을 것 같았다. 기다리는 것 외에는 더 이상 내가 어떻게 할 방법이 없었다. 시간이 달팽이처럼 느리게 흘렀다. 그러다 택시가 이곳에 들어오지 못했던 상황이 생각났다.

"진서야! 버스정류장에 가서 기다려. 구급차 오면 얼른 이쪽으로 안내해. 차가 들어오지 못하는 길이라고 분명히 알리고."

내가 말했는데도 진서는 꿈쩍도 안 했다.

"야, 임진서! 너 이따위로 굴 거야? 빨리 움직이라고!"

내가 버럭 고함친 뒤에야 진서는 버스정류장 쪽으로 달려갔다.

얼마 뒤 구급차 소리가 멀리서 들렸다. 할머니 상태를 살폈다. 맥박이 흐려지고 호흡도 약해졌다. 조금만 더 응급처치가 늦으면 불행한 일이 벌어질 것 같았다. 구급대원이 뛰어오는 소리가 들렸다. 파란 대문이 열리고 구급대원들이 나타났다. 앞서 뛰어 들어오는 구급대원 얼굴이 낯익었다. 아빠와 같이 근무했던 후배 소방관 아저씨였다.

"영관이 아저씨!"

"어, 루미구나! 네가 여긴……."

오랜만이라 반갑게 인사를 나누고 싶었지만 그럴 여유가 없었다.

"친구네 할머니신데, 조금 전에 쓰러지셨어요. 호흡과 맥박이 다 약해졌어요."

"일단 구조부터 하고, 자세한 이야기는 나중에 하자."

영관 아저씨와 구급대원들은 재빨리 할머니를 들것에 실어서 구급차로 옮겼다. 나도 뒤를 따랐다.

"가면서 상황을 설명해 줄래?"

나와 진서도 구급차에 올라탔다.

구급차가 사이렌을 울리며 달렸고, 아저씨는 할머니에게 우선 응급처치를 했다. 응급처치가 끝난 뒤에 나는 자초지종을 아저씨에게 설명했다. 그러나 연화가 액체 괴물이 되었다는 말은 하지 않았다. 말해도 믿을 리가 없었다. 응급실로 할머니가 들어가고, 아저씨는 이런저런 서류를 처리하고 나왔다.

"요즘 어떻게 지내니?"

영관 아저씨가 음료수를 건네며 물었다.

"여중생이 뭐 다른 게 있겠어요."

"소미는 어때?"

"어릴 때나 지금이나 똑같아요."

"소미가 웃으면 주변이 환해졌는데……. 형수님은 잘 지내시지?"

"작년에 최고경영자가 되셨어요."

"역시 대단하시네. 아마 더 높은 위치까지 올라가실 거야."

"나중에 한번 놀러 오세요."

"그래, 꼭 그렇게."

아저씨는 쓸쓸하게 웃었다.

"나는 이제 들어가 봐야 해."

"친구 할머니를 구해주셔서 감사해요."

"내 일인데 뭘."

나는 영관 아저씨와 함께 구급차까지 걸어갔다.

"참, 너 아저씨 전화번호 알지?"

차에 오르며 아저씨가 물었다.

"네."

"내 도움이 필요하면 아무 때나 전화해."

"그럴게요. 몸조심하세요."

"그래, 고생했다."

구급차 문이 닫히고 차창이 서서히 올라가는데 다급한 무전이 울렸다.

"긴급출동! 긴급출동! 홍천폐기물소각장. 홍천폐기물소각장. 다수 인명피해 발생!"

무전을 통해 들리는 출동 장소를 듣고 나는 화들짝 놀랐다. 홍천폐기물소각장이라면 바로 연화 집 앞에 자리한 대형 소각장이었다. 그곳에서 인명피해가 발생하다니 왠지 모르게 불길했다.

'설마, 연화가?'

구급차는 무전을 받자마자 사이렌을 울리며 다급히 출발했다.

그대로 있을 수 없었다. 내가 황급히 뛰어가자 진서가 영문도 모르고 따라왔다.

"왜 그래? 무슨 일이야?"

"연화가 소각장에 나타난 거 같아."

"소각장에는 왜 나타……, 설마?"

진서 얼굴이 흙빛으로 변했다.

좋은 날 끝에서 싫은 날 앞에서

05

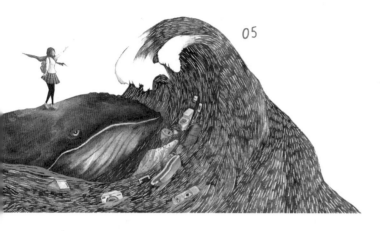

"홍천폐기물소각장으로 가주세요."

택시기사는 우리를 슬쩍 보더니 의심스러워했다.

"돈은 있니?"

한시가 급한데 출발은 안 하고, 이런 질문부터 받으니 짜증이 났다.

"있어요. 빨리 출발해 주세요."

"얼마 전에 딱 너만 한 여자애가 시골까지 가자고 해서 갔는데, 돈도 안 내고 도망친 적이 있거든. 그래서 확인을 꼭 해야겠어."

말투도 마음에 안 들고, 그 의심은 더더욱 마음에 안 들었다. 말이 통할 사람이 아니었다. 나는 지갑에서 카드를 꺼내서 보여주었다.

"결제는 되는 카드야?"

뭐라고 해도 의심할 사람 같았다. 이럴 때는 설득하기보다 내리는 게 나았다.

"됐어요. 진서야, 내리자."

내가 진서를 밀쳤고, 진서는 택시 문을 열었다.

"아, 됐어 됐어! 출발할 테니 문 닫아."

무시하고 나가려다가 조금이라도 빨리 가는 게 나을 듯해서 그냥 있기로 했다.

"급하니 서둘러 주세요."

택시기사는 힐끔 나를 보더니 차를 몰았다. 다행히 뛰어난 운전 솜씨를 발휘해 막히는 길을 빠르게 빠져나갔다. 카페와 식당이 늘어선 길을 달리는데, 소방차와 경찰차가 무리 지어 달려가는 모습이 보였다. 택시기사는 경찰차 꽁무니를 따라갔다. 소방차와 경찰차가 시골길로 접어들자 택시기사가 불안한 표정으로 우리를 뒤돌아봤다.

"혹시, 지금 소방차와 경찰차가 가는 곳으로 가려는 건 아니지?"

"거기 맞아요."

"이거 곤란한데. 소각장에 불이 났다면 그 앞에서는 차를 돌리기 힘든데."

"갈 수 있는 데까지만 가주시면 돼요."

하늘로 치솟은 연기가 보였다. 택시기사는 소각장에서 한참 떨어진 곳에 차를 세웠다.

"더 가면 차 돌리기 힘들어."

더 접근해도 차를 돌릴 공간은 있었지만 택시기사는 막무가내였다. 따져봐야 시간낭비라서 나는 카드를 내밀었다. 택시기사는 카드를 한참 살펴본 뒤 결제했다. 이래저래 상대하기 싫은 사람이었다. 차에서 내리는데 매캐한 냄새가 코를 찌르고, 날카로운 사이렌이 귀청을 때렸다.

"저기를…… 가야 해?"

진서가 겁을 집어먹고 뒷걸음질을 쳤다.

"구경하려고 오지는 않았잖아."

"가서 뭘 어쩌려고?"

"연화를 만나야지."

"저 불을 연화가 일으켰다는 확실한 근거도 없잖아."

"너도 병원에서 처음 소식을 들었을 때 나랑 똑같이 생각하지 않았어?"

"그렇긴 하지만……."

"할머니를 보러 왔든, 아니면 마을과 자기 삶을 망친 저 소각장에 복수하려고 왔든 저기에 연화가 확실히 있어."

진서는 여전히 움직일 의지가 없었다.

"연화가 있다고 쳐. 그렇지만 액체 괴물이 되었는데 무슨 수로 만나?"

"연화는 너희 집도 소각장도 정확히 찾았어. 더구나 너에겐 말까지 걸었고. 인지 능력이 있으니 우리를 알아볼 거야."

"저렇게 큰불이 났는데 어떻게 저길 가?"

진서는 솔직하지 않았다. 연화가 두려워서 가기 싫다고 하면 되는데 계속 다른 핑계를 댔다.

"임진서! 연화가 다시 공격할까 봐 두려우면 두렵다고 터놓고 말해."

여느 때 같으면 그렇게 대놓고 쏘아붙이지 않았겠지만 때가 때인만큼 어쩔 수 없었다.

"그래! 두려워! 가기 싫어. 다시 연화를 마주치기 무서워. 겁난다고!"

진서는 두 주먹을 쥐고 부들부들 떨면서 속사포처럼 속내를 쏟아냈다. 잠깐 그런 진서가 애처로웠지만 달래고 설득해서 데려갈 만한 여유가 없었다. 구급차 여러 대가 사이렌을 울리며 우리 앞을 지나쳤다.

"싫으면 여기서 기다려."

진서를 그대로 두고 소각장 쪽으로 서둘러 갔다.

불꽃을 머금은 검은 연기가 무섭게 피어오르고, 소방차 수십 대가 늘어서서 불길을 향해 물을 쏘아댔다. 구급차는 다친 사람들을 실어 나르고, 공장 밖으로 빠져나온 사람들은 넋이 나간 채 발만 동동 굴렀다. 아빠가 돌아가신 뒤로 이런 광경은 영상으로도 보기 싫었는데, 내 발로 이런 곳에 와버렸다. 엄마가 알면 기겁할 것이다.

연화를 만나려고 왔지만 막상 현장에 도착하니 막막했다. 불길이 치솟는 화재현장에 막무가내로 들어갈 수는 없었다. 잘못 들어갔다가는 나쁜 아니라 소방관들마저 위험에 빠뜨릴 수 있기 때문이다. 비겁하기는 싫지만 무모하기도 싫었다. 화재 상황과 진압을 지휘하는 무전 소리가 쉴 새 없이 이어졌다. 저기에 아빠 목소리가 섞여 있다면 얼마나 좋을까?

"한 명 구조! 호흡 곤란! 응급차 대기!"

구조 소식에 맞춰 응급차가 곧 출발할 태세를 갖추었다. 구조대원 두 사람이 한 남자를 부축하고 나타났다. 구조된 사람은 곧바로 응급차에 실려 갔다. 그때 구조대원들이 나누는 대화가 들렸다.

"저 사람도 흠뻑 젖었지?"

"물에 빠진 사람 같았어."

"이해가 안 되네. 화재현장인데 왜 연기가 아니라 물에 질식한 사람만 잔뜩 나오지."

대화를 들어보니 역시 연화가 화재를 일으키고, 소각장 직원들을 공격한 게 분명했다. 연화는 자기 삶을 망가뜨린 소각장에 복수하고 있었다. 소방관들이 최선을 다해 진화 작업을 한 덕분에 불길은 차츰 잦아들었다. 검은 연기 대신 열기를 머금은 수증기가 점점 늘어났다. 소방호스에서는 여전히 강력한 물줄기가 화재현장을 향해 뿜어져 나왔다. 이대로만 가면 곧 불이 잡힐 듯했다. 그렇게 정리되는가 싶었는데 갑자기 예상치 못한 사태가 벌어졌다.

"왜 멈추는 거야?"

"소화전에서 물이 전혀 나오지 않습니다!"

"모든 소화전이 먹통입니다!"

소방관들이 다급하게 움직였다.

"뭐야? 어떻게 된 일이야?"

소방관들이 급하게 소화전을 만졌다.

"고장은 아닌데 왜 물이 안 나오지?"

소화전에 말썽이 생기자 화재진압에 차질이 생겼다. 불길이 다시 커졌다.

"중간 가압시설에 이상이 있는지 확인해 봐!"

조금 뒤에 연락이 왔다.

"확인했는데, 가압시설은 모두 정상이랍니다!"

보고받은 현장 지휘관은 바로 본부에 연락해서 헬리콥터 지원을 요청했다. 소방관들은 안 되는 일을 오래 붙잡지 않는다. 초를 다투는 응급상황에서 가능성 없는 방법은 빨리 포기해야 하기 때문이다. 소방관 한 분이 소화전에서 소방호스를 분리한 뒤에 소화전을 자세히 살폈다. 이것저것 만져봐도 소화전에서는 물 한 방울 나오지 않았다. 소방관은 소화전을 가만히 노려보더니 그곳을 떠났다.

소화전은 고장이 아니었다. 조금 전까지 멀쩡하게 물이 잘 나왔었다. 현장까지 압력을 높여 물을 보내주는 가압시설도 정상이었다. 모든 소화전이 일시에 막혔다면 이유는 하나뿐이었다. 원인이 연화라면 해결책도 하나뿐이었다. 부탁하는 수밖에 없었다. 연화에게 뭐라고 해야 할까? 어떻게 해야 연화가 분노에서 벗어날 수 있을까? 마땅

한 방법이 떠오르지 않았다. 불길은 점점 커졌고, 소방관들은 악전고투를 벌였다.

'이럴 때 아빠였다면 어떻게 했을까? 아빠, 어떻게 해야 하죠?'

물론 답은 없었다. 그러나 한 가지는 확실했다. 아빠라면 나처럼 이렇게 머뭇거리지 않고 뭐든 시도했을 것이다. 그날도 아빠는 망설이지 않았다. 조금만 망설였다면 아빠는 목숨을 잃지 않았다. 구해야 할 사람이 있으니 아빠는 찰나도 지체하지 않고 뛰어들었고, 그 결과는 영원한 이별이었다.

나는 소화전에 손을 얹었다. 눈을 감았다. 손에 마음을 모았다. 뚱뚱한 외모가 아니라 연화가 부른 노래, 연화가 살던 방, 연화가 그린 악보, 연화가 치던 종이 피아노로 연화를 떠올렸다. 우울함과 외로움, 오염과 소외에 지친 연화가 아니라 놀라운 재능을 지닌 연화를 떠올렸다. 어둠을 가르며 깜깜한 비가 내렸다. 깜깜한 빗줄기 사이로 달빛이 환하게 빛났다.

"나 여기 있어."

연화에게 말을 걸었다.

"할머니는 병원으로 모셨어."

손끝으로 미세한 떨림이 전해졌다.

"네가 지은 노래를 봤어."

막힌 소화전에서 물방울이 또르르 떨어졌다.

"그 노래들을 부르는 너를 보고 싶어."

소화전이 부르르 떨렸다.

"어떻게든 네가 사람으로 되돌아올 방법을 찾을게. 그래서 네 노래를 세상 사람들이 즐겨 듣도록 해줄게."

손에 퍼진 신경들에서 미세한 바람이 일더니 점점 강해졌다. 곧이어 장벽을 뚫고 빠져나온 바람이 거센 회오리를 일으키며 손을 휘감고 지나갔다.

"연화야, 더는 사람을 해치지 마. 너는 그런 애가 아니잖아."

달빛에서 벗어난 밝은 점들이 유성우가 되어 깜깜한 하늘에 뿌려졌다.

"물이 다시 나온다!"

환호성을 들으며 눈을 떴다.

소화전에서 쏟아져 나온 물살은 회오리를 일으키며 위로 치솟았다. 그러나 단 한 방울도 바닥으로 떨어지지 않았다. 회오리 사이로 검은 기운이 점점 강해졌다.

나는 소화전에서 손을 떼고 회오리를 향해 다가갔다.

"나야, 루미."

회오리는 완전히 검은빛으로 바뀌었다.

"연화야! 내가 어떻게든 너를 도와줄게."

검은 회오리가 내 주위를 휘감았다. 나는 회오리를 향해 손을 뻗었다. 촉감이 묽은 밀가루 반죽을 만지는 것 같았다. 깜깜한 빛이 더욱 진해졌다. 빛이 내 손을 쓰다듬듯이 움직였다. 손끝에서 전신으로 낮

설면서도 익숙한 신호가 퍼져나갔다. 그 신호에 맞춰 몸이 심하게 떨렸다. 까닭 모를 슬픔이 요동쳤다. 핏빛보다 진한 고통이 가시가 되어 찔러댔다.

"미안해. 내가 이제야 손을 내밀어서."

눈물 한 방울이 또르르 흘렀다.

연화가 내 볼을 어루만졌다. 눈물방울은 연화에게로 넘어갔다. 검은빛이 눈물방울을 소중하게 감싸더니 회오리 안으로 끌어들였다. 얇은 웃음이 피어났다.

"꺅!"

외마디 비명이었다.

"그 괴물이야. 나를 죽이려고 한 그 괴물!"

부드럽게 휘감던 회오리에서 진동이 일었다.

"루미야!"

최영관 아저씨가 다급하게 나를 불렀다.

아저씨는 번개처럼 달려와서 내가 뭐라고 하기도 전에 내 몸을 잡고 회오리 밖으로 빠져나가려고 했다. 그러나 들어올 때는 아무렇지 않았지만, 나갈 때는 뜻대로 되지 않았다. 아저씨는 강한 벽에 막힌 듯이 한 발도 떼지 못했다.

"전 괜찮……."

말을 채 끝내기도 전에 검은 물이 아저씨를 휘감아버렸다.

"연화야, 그러지 마!"

이번에는 내 부탁도 소용없었다. 아저씨가 벗어나려고 할수록 검은 물은 더욱 강하게 아저씨를 옥죄었다.

"소화전을 잠가!"

밖에서 누가 외치는 소리가 들렸다. 연화가 반응하기도 전에 곧바로 물이 잠겼고, 회오리는 급격하게 약해졌다. 검은 물은 아저씨를 풀어주고는 바닥으로 떨어졌다.

"괜찮니?"

최영관 아저씨는 몸을 추스르자마자 나부터 챙겼다.

"네, 괜찮아요."

나는 재빨리 연화가 어디 있는지부터 찾았다. 바닥으로 떨어진 연화는 하수도 구멍 쪽으로 움직였다.

"하수도로 빠져나가지 못하게 구멍을 막아!"

"살수 일시 정지! 살수 일시 정지!"

"수도관을 모조리 막아!"

다급한 명령이 떨어졌고, 소방관들은 일사불란하게 움직였다. 하수도로 향하던 검은 물은 이리저리 방황하다 화재진압이 덜 된 건물 안으로 들어갔다. 안 그래도 소화전이 막혀서 불길이 거세졌는데, 살수차를 이용한 진압마저 멈추니 점점 더 강해졌다. 소방관들은 불길이 거세지는 현장을 지켜보기만 했다. 일반 화재현장에서는 절대 볼 수 없는 모습이었다.

"크아아아~악!"

탁한 연기를 뚫고 고통에 몸부림치는 비명이 들렸다. 불 속에서 연화가 겪는 고통이 생생히 전해졌다. 그대로 내버려 둘 수는 없었다.

"아저씨! 물을 조금이라도 뿌려주세요."

나는 아저씨를 붙잡고 호소했다.

"서대로 두면 안 돼요. 제 친구라고요."

"너 왜 그래?"

검은 물로 이루어진 괴물이 내 친구라고 하니, 아저씨는 어처구니없다는 표정이었다.

"무슨 일인지 모르겠지만 그건 안 돼."

짧은 시간에 연화와 얽힌 이야기를 전부 해줄 수도 없었다. 다 전한다고 해도 이상한 괴물이 연화라는 말을 선뜻 믿어줄 리가 없었다. 나는 그저 발만 동동 구르며 안타까워할 수밖에 없었다.

"연화를 이대로 보내면 안 돼요. 연화를 구해주세요."

"무슨 사연이 있는지 모르겠지만, 나도 명령을 어길 수는 없어."

아빠를 불에 빼앗긴 슬픔은 감당하지 못할 만큼 크다. 연화마저 불에 빼앗기면 그 슬픔을 감당할 자신이 없었다. 불에 갇혀 아빠가 당했던 고통이, 연화가 지금 겪는 아픔이 생생하게 느껴졌다. 살갗이 그을리고, 폐에 연기가 차올랐다. 아픔과 고통이 검은 물이 되어 볼을 타고 흘러내렸다.

"루미야!"

아저씨는 내 모습을 보고 놀라며 어찌할 바를 몰랐다.

쿠쿠쿵~~~쾅!

느닷없이 하늘에서 천둥이 울렸다. 곧이어 황금빛이 북쪽 하늘에서 번지더니 시커먼 구름이 떼를 지어 몰려왔다. 사람들이 당황할 새도 없이 먹구름이 소각장 위로 몰려들더니 굵은 비를 퍼부었다. 양동이에 물을 가득 채워 한꺼번에 쏟아붓는 것 같았다. 소각장을 집어삼키던 연기와 불길이 빠르게 사그라졌다.

"용오름이다!"

"그 괴물이야!"

이 외침과 함께 모든 시선이 일제히 한 곳으로 향했다. 강한 빗줄기를 뚫고 까만 회오리가 땅에서 하늘로 치솟았다. 연화는 죽지 않았다. 다행이었다.

"막아야 해!"

소방관들은 연화가 빠져나가지 못하게 막으려고 방어벽을 쌓았지만 용오름을 막기에는 역부족이었다. 용오름을 막아선 소방관들은 낙엽처럼 튕겨 나갔다. 용오름은 빠르게 개울로 향했고, 개울 위에서 강하게 몸부림치더니 사방으로 거대한 물보라를 일으키며 연기처럼 사라져 버렸다. 연화가 사라지자 비는 곧바로 그쳤다.

"어찌 된 일인지 너에게 자세한 이야기를 들어야겠구나."

구급차에 오르면서 아저씨가 나에게 말했다.

"네, 나중에 꼭 말씀드릴게요."

"아무래도 네가 이상한 일에 휘말린 모양인데, 몸조심해라! 너한테 무슨 일이 생기면 하늘에 계신 형님을 뵐 면목이 없어지니까."

"걱정하지 마세요."

"이제 집에 들어갈 거지?"

"물에 빠진 생쥐 꼴로 돌아다닐 수는 없잖아요."

"고양이 조심하고."

아저씨가 농담을 했다.

"히히히, 네."

툭 터진 웃음이 잔뜩 굳은 신경을 부드럽게 풀어주었다.

구급차가 떠나자 진서가 다가왔다. 진서를 보자 괜히 심술이 났다. 진서가 비명을 지르는 바람에 일이 꼬였다. 이래저래 진서가 마음에 들지 않았다. 그렇다고 따져봐야 귀담아들을 진서도 아니었다.

"집에 가자."

나는 가방에서 스마트폰을 꺼내 앱을 열고 택시를 불렀다. 말없이 택시를 기다리다가 진서가 조금도 젖지 않았다는 걸 뒤늦게 알아차렸다.

"넌 조금도 안 젖었네?"

"내가 있는 데는 비가 안 왔어."

내지른 소리로 봐서 진서는 나와 그리 떨어지지 않은 곳까지 왔었을 것이다. 그런데도 진서는 비 한 방울 맞지 않았다. 마치 소각장 불을 끄려고, 아니 연화를 도우려고 연화 주변에만 비가 내린 듯했다. 과연 그게 우연일까? 아니면 다른 이유가 있는 걸까? 연화가 이상한 물질로 변한 이유와 관련이 있을까? 소화전을 만졌을 때 내가 느낀 신비한 감각은 뭐였을까? 의문이 꼬리에 꼬리를 물고 이어졌지만, 답은 검고 높은 벽 뒤에 숨어 실체를 드러내지 않았다.

택시를 타고 집으로 가면서 구청 사회복지사에게 전화를 받았다. 연화 할머니가 쓰러질 때 상황을 확인하기 위한 것이었다. 담임 선생님과도 통화했는데 수경이는 여전히 깨어나지 못했고, 민혜는 거의 회복해서 며칠 내로 퇴원할 예정이라고 했다. 집으로 와서 화장실에서 씻었다. 그동안에는 아무렇지 않게 물을 마구 썼는데, 그 순간에는 괜히 연화에게 미안했다. 진서는 자기 집은 무섭다면서 우리 집에서 씻고 갔다. 늦은 점심을 먹고 나는 고민에 빠졌다. 연화에게 한 약속을 지키려면 어떻게 해야 할까? 연화를 사람으로 되돌릴 방법은 뭘까? 원인을 알아야 해결책을 찾을 가능성이라도 생기는데, 어떻게 원인을 찾아야 할까? 고민에 고민을 거듭해도 답이 나오지 않았다.

오후에는 소미와 함께 공부하고, 저녁을 먹었다. 화요일 설거지는 소미 담당이라서 맡겨두고 내 방에서 과외 준비를 하는데, 소미가 시끄럽게 소리치며 뛰어왔다.

"언니, 이거 좀 봐. 이거 봐봐."

소미가 스마트폰을 내게 내밀었다.

"너, 설거지하면서 유튜브 본 거야? 전에도 그러지 말라고 했을 텐데……"

"아니란 말이야. 내 친구 혜진이가 보라고 해서 봤을 뿐이야."

"너, 거짓말하면 알지?"

"아니라니까."

그제야 나는 소미가 내민 영상으로 시선을 돌렸다. 첫 화면을 보자마자 불길해졌다. 소각장 화재현장을 찍은 영상이었다. 무섭게 타오르는 불, 하늘을 뒤덮은 검은 연기, 다급히 움직이는 소방관들, 구급차에 실려 가는 사람들이 빠르게 지나가더니 걱정하던 장면이 나오고야 말았다.

"이거 혹시 언니 아니야?"

나는 아무런 대꾸도 하지 않았다.

소화전을 만지는 내 뒷모습이 나오더니 소화전에서 물이 회오리를 일으키며 하늘로 치솟았다. 사람들이 놀라서 웅성거리는 소리가 들리고, 회오리가 검은빛으로 변했다. 최영관 아저씨가 나를 구하려다가 회오리에 당하는 장면도 나왔다.

"이 이상한 회오리는 뭐야? 그리고 언니는 도대체 거기서 뭐 했어?"

영상은 잠깐 끊겼다가 비가 내리고 용오름이 치솟는 장면으로 이어졌다. 용오름이 소방관들을 튕겨낸 뒤 개울로 사라지면서 영상은 끝났다.

"근처에 친구네 집이 있어서 갔다가 겪은 거야."

나는 되도록 아무렇지 않게 대답했다.

"수업도 빠지고 친구네 집에 갔다고?"

"체험학습 신청했어."

"친구네 가는 게 체험학습이야?"

"요게 뭘 안다고."

"요즘 언니 이상해. 내가 이제껏 봐줬는데 계속 이러면 엄마한테 다 이를 거야."

"어쭈! 그래 봐라."

소미는 혀를 쭉 내밀더니 부엌으로 가버렸다.

저녁은 과외와 숙제로 정신없이 보냈다. 소미가 엄마에게 이르겠다고 협박했지만, 자기 전에 엄마와 통화하면서도 고자질하지는 않았다. 소미를 10시에 재우고, 11시에 모든 숙제를 마치고는 침대에 누웠다. 그때 진서한테 연락이 왔다.

"뉴스 봤어?"

"무슨 뉴스?"

"오늘 있었던 일, 뉴스에서 엄청 떠들어댔어."

나는 전화를 끊고 곧바로 뉴스를 검색했다. 현장에서 벌어진 일을 소개한 뉴스, 어떤 과학자가 그 현상이 일어난 원인을 분석하며 그럴 듯한 물리법칙을 제시하는 뉴스, 현장 목격자들을 인터뷰한 뉴스 등이 줄줄이 이어졌다. 환자복을 입은 피해자들은 한결같이 까만 액체 괴물 때문에 죽을 뻔했다며 두려워했다.

"까만 액체 괴물이 몸을 휘감았어요. 숨이 막혀서 죽을 뻔했는데,

벗어나려고 발버둥을 치면 마치 돌처럼 단단해져서 도저히 벗어날 수가 없었어요. 괴이한 소리도 들리고, 어찌나 무서운지……."

목격담을 들은 한 전문가는 자세히 조사해 봐야 한다는 전제를 달기는 했지만, 소각장 화재에서 발생한 특정한 연기 때문에 집단 환각에 빠진 것 같다고 주장했다. 또 다른 전문가는 점성과 탄성을 함께 지닌 점탄성 물질을 뒤집어쓴 것 같다고 추정했다. 점탄성 물질은 부드럽게 만지면 액체 같지만, 강한 힘을 가하면 단단한 고체처럼 반응하는데 피해자들 경험담이 거기에 부합한다는 설명이었다.

"피해자들 인터뷰가 내가 겪은 일이랑 똑같아."

진서는 예상보다 차분하게 말했다.

"나도 처음에 둘러싸였을 때는 물처럼 부드러웠는데, 빠져나오려고 몸부림치니까 돌처럼 단단해졌어."

그렇다면 연화는 점탄성 물질과 엇비슷한 상태가 된 것일까?

"이 정도로 안 끝나겠지?"

내가 답할 수 없는 질문이었다.

"연화를 되돌릴 방법이 없을까?"

역시 답하지 못할 질문이었다.

"이제 어떻게 할 거야?"

나도 고민이었다. 언뜻 한 장면이 떠올랐지만 확신이 없어서 말하지는 않았다.

길이 보이지 않는 막막함을 끌어안고 늦게까지 뒤척이다 겨우 잠이 들었다. 걱정에 짓눌려 괴로운 꿈을 꾸는데 방문을 두드리는 소리가 들렸다.

"언니!"

소미가 밤중에 문을 두드리는 일은 흔치 않은데, 악몽이라도 꾼 걸까?

문이 열리며 소미가 쏜살같이 들어왔다.

"왜 그래?"

소미가 내 품으로 파고들었다.

"이상한 소리가 들려."

"악몽이라도 꿨어?"

나는 소미를 꼭 안고 등을 다독였다.

"아냐, 꿈이 아니야."

소미가 내 품 안에서 몸을 떨었다.

"들어봐. 지금도 들리잖아."

늘 의젓하던 소미가 안 하던 어리광을 부리니 귀여웠다. 귀를 기울였지만 아무 소리도 들리지 않았다.

"괜찮아. 괜찮아."

꼭 안고서 다독거렸다.

"아니라니까. 잘 들어봐. 지금…… 들리잖아!"

"너 자꾸……."

묘한 진동이 느껴졌다.

"언니도 들리지?"

"그래, 들리네."

나는 소미를 안은 채 진동에 온 감각을 모았다. 진동은 파장이 되고 차츰 소리로 바뀌더니 노래가 되었다.

발길이 끊어진 외로운 길 위에

울음도 떠나간 무너진 집 앞에

곰팡이 얼룩진 비릿한 벽 안에

어둠도 외면한 새까만 꿈속에~ ♪ ♭

연화가 쓴 공책에서 봤던 노랫말이었다. 종이컵이 물에 젖듯이 꾹꾹 눌린 쓸쓸함과 외로움이 배어났다.

어디쯤 있을까 동그란 향기는

언제쯤 만날까 연둣빛 발자국

멍들고 찢기고 목 잘린 몸통들

내장이 파먹힌 배고픈 포장지~ ♩ ♫

앞쪽까지는 연화네 집에서 본 노랫말과 같았는데 뒤쪽은 달랐다. 노랫말이 섬뜩했다. 노랫말뿐 아니라 음색과 리듬에서도 산득산득한 기운이 풍겼다. 한과 원망이 서린 노래였다.

"무서워."

나는 소미를 꼭 껴안았다. 소미는 더욱 내 품으로 파고들었다.

"괜찮아. 괜찮을 거야."

계속 다독였지만 소미는 쉽사리 진정되지 않았다.

라라라 이제는 음음음 너희도

라라라 여기서 음음음 느껴봐

아아아 너희도 좋은 날 끝에서

음음음 너희도 싫은 날 앞에서~ ♬

노랫소리는 점점 커졌다. 소미를 재우려면 소리가 들리지 않게 해 줘야 할 것 같았다. 수영할 때 쓰는 귀마개를 찾아 귀를 막아주었다. 소미는 그 뒤에도 한참을 뒤척이다가 간신히 잠이 들었다.

혹시라도 깰지 몰라 깊이 잠들 때까지 등을 다독이며 기다렸다가 조심스럽게 방을 나왔다. 거실에 나오니 노래가 더 뚜렷하게 들렸다. 노래는 모든 방향에서 울렸다. 나는 화장실로 들어가 문을 닫았다. 연화가 나를 찾아왔다고 생각했다. 연화가 나에게 할 얘기가 있다면 분리된 공간이 좋았다.

"연화야, 여기 왔니?"

대답이 없었다.

"괜찮으니까 왔으면 나와."

아무런 응답이 없었다.

"연화야, 나 여기 있어."

수도꼭지를 틀고 물에 손을 댄 채 다시 연화를 불렀다. 역시 응답이 없었다. 소화전에서 연화를 느꼈던 상황을 떠올리고, 그때처럼 마음을 모아 집중했지만 아무것도 느껴지지 않았다. 노래는 들리는데 연화는 내게 오지 않았다. 거실에 앉아 연화가 부르는 노래를 듣는데 아파트 단지에서 소란이 일었다.

"이 오밤중에 누가 노래를 불러?"

"뭐 하는 짓이야?"

아파트 곳곳에서 짜증 섞인 외침이 들렸다. 거실을 가린 블라인드를 열고 밖을 내다봤다. 사람들이 깨어나는지 여기저기 불이 켜지고 있었다. 노랫소리는 점점 커졌다. 사람들은 짜증을 내며 소리를 질러댔다. 불 켜진 집들이 점점 늘어났다. 우리 아파트 단지뿐 아니라 멀리 보이는 다른 아파트 단지, 다른 주거지에도 불이 들어왔다. 그 와중에도 연화가 부르는 노랫소리는 끝없이 이어졌다.

수도관과 하수관은 건물이 있는 곳이라면 어디든 이어져 있다. 그러니 연화는 가고 싶은 곳은 어디든 마음대로 가고, 그 안에서 자기가 하고 싶은 걸 마음대로 할 수 있다. 그래도 그렇지 이 넓은 공간에 사는 사람들에게 한꺼번에 노래를 들려주다니 그 능력이 놀라웠다.

"연화야, 뭘 하려는 거니? 도대체 뭘 원해?"

죽음의 도시

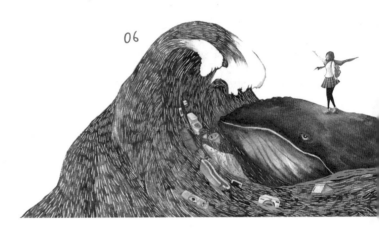

06

"언니, 물이 이상해."

소파에 앉은 채 깜박 잠이 들었다가 소미가 부르는 소리에 깼다. 다행히 노랫소리는 들리지 않았다.

"언니, 이 물 좀 봐봐."

제대로 못 잔 탓에 머리가 맑지 않았다.

"빨리 와 보라니까."

겨우 눈을 뜨고 화장실로 갔다.

"뭔데 그래?"

"언니 눈에는 이거 안 보여?"

거슴츠레 눈을 뜨고 소미가 가리키는 곳을 봤다.

"수도꼭지에서 물이 나오잖아. 뭐가 이상하다고 그래."

"언니, 정신 차리고 봐봐. 물이……."

물 색깔을 확인하고서야 정신이 번쩍 들었다.

"검은 물!"

나는 재빨리 집 안에 있는 수도꼭지를 다 틀었다. 모든 수도꼭지에서 시커먼 물이 나왔다. 물에서는 시큼하고 비릿한 냄새가 났다. 잠깐 냄새를 맡는데도 머리가 아플 만큼 진한 악취였다. 혹시 몰라 계속 틀어놨지만 물 색깔은 바뀌지 않았다. 마지막으로 정수기 물을 틀었다. 잠깐 맑은 물이 나왔지만 금방 시커먼 물로 바뀌었다. 정수기가 제대로 걸러내지 못할 만큼 오염된 물이었다. 상황을 알아보기 위해 경비실로 전화를 걸었더니 통화 중이었다. 조금 기다렸다가 다시 걸어도 마찬가지였다. 베란다 문을 열었다. 아파트 단지 곳곳에서 고함이 들렸다. 한두 집이 아니었다. 문득 불길한 어림이 꿈틀꿈틀 올라왔다.

'설마 연화가……?'

수도꼭지를 모두 잠그고, 재빨리 스마트폰을 들었다. 아직 뉴스 기사는 없었지만, SNS에는 까만 물이 나온다는 글과 함께 증거 사진이 무수히 올라와 있었다. 우리 집과 똑같은 상태였다. 우리 아파트 단지만 그런 게 아니었다. 내가 사는 도시 곳곳에서 같은 일이 벌어지고 있었다. 어젯밤에 이상한 노래를 들었다는 글과 증거 영상도 속속 올라왔다.

"언니, 어떡해?"

소미가 물었다.

"일단 편의점에 가서 물을 사 올게."

나는 에코백을 챙겨 밖으로 나갔다. 편의점은 이미 인산인해였다. 모두 물을 사려고 난리였다. 상황을 보니 물을 사기는 어려울 듯했다. 포기하고 집으로 돌아왔다. 물티슈로 얼굴을 닦고, 냉장고에 있는 음식으로 끼니를 때웠다. 다행히 음료수 몇 병이 냉장고에 있어서 목을 축일 수 있었다.

아침밥을 대충 먹고 텔레비전을 틀었다. 뉴스 속보로 우리 도시가 겪는 사건이 나왔다. 밤새 노래가 들리고, 아침에 검은 수돗물이 나와서 시민들이 고통받는다는 뉴스를 아나운서가 차분한 말투로 전했다. 한 시민과 전화를 연결했는데 그 시민은 잠을 한숨도 못 자고, 씻지도, 먹지도 못했다면서 괴로워했다. 뒤이어 시청 관계자가 나와서 현재 원인을 찾고 있으며, 대책을 긴급히 마련하는 중이라는 하나 마나 한 소리를 늘어놓았다.

학교 갈 준비를 하는데 시큼한 악취가 코를 자극했다. 환기가 안 돼서 그런가 싶어 문을 열었더니 악취가 더 심해졌다. 악취는 집 안이 아니라 밖에서 나는 것이었다. 연화네 집에 갔을 때 맡았던 냄새였다. 쓰레기 더미와 썩은 냇가에서 풍기던 바로 그 냄새였다. 연화가 원하는 바는 분명했다. 도시 전체를 자신이 지내던 곳과 똑같이 바꿔서, 다른 사람들도 자신과 같은 고통을 겪도록 만들고 싶은 것이다. 자신처럼 싫은 날만 이어지도록 멍들고 찢기고 배고프길, 내장이 파먹히는 고통을 맛보길 바라는 것이다.

한동안 쓰지 않던 마스크를 다시 꺼냈다. 마스크를 써도 악취를 막을 수는 없었다. 소미가 학교에 가서 마실 음료수를 한 병 챙겨주고, 쓰레기를 챙겨 함께 집을 나섰다. 쓰레기를 버리는데 진서가 푸석푸석한 얼굴로 나타났다.

"괜찮니?"

내가 물었다.

"너는 괜찮아?"

잔뜩 찌푸리며 투덜거릴 줄 알았던 진서가 내 안부를 물었다. 자기밖에 모르던 애였는데 남 걱정이라니 뜻밖이었다.

"잠도 제대로 못 잤어."

"노래……, 맞지?"

진서가 소미를 힐끗 봤다.

"아마도."

"썩은 물도……."

그때 우리가 지나는 근처 아파트 2층 유리창이 와장창 깨졌다. 파편이 우리한테까지 날아와 급하게 피했다. 깜짝 놀라서 유리창이 깨진 아파트를 쳐다봤다. 까무러치는 듯한 비명이 들리더니 강력한 회오리바람이 거실을 헤집고 다니며 집 안에 있는 물건을 박살 내는 것 같았다. 회오리바람이 창문 쪽으로 오자 온갖 물건들이 밖으로 튕겨 나왔다. 회오리바람은 집 안 곳곳을 헤집으며 난장판을 만든 후에야 모습을 감추었다.

'연화가, 연화가 분명해. 도대체 저 집에 왜 연화가……?'

사람들이 놀라서 몰려나왔다.

"저기 전임시장 집이잖아?"

"도대체 뭔 일이래?"

주민들이 경찰과 119에 신고하는 걸 확인하고 그 자리를 벗어났다. 더 있고 싶지 않았다. 진서는 입을 꾹 다물고, 고개를 푹 숙인 채 걸었다. 소미를 먼저 보낸 뒤에 진서가 연화를 입에 올렸다. 여느 때 진서 같지 않은 배려심이었다.

"이게 다 연화가 벌인 짓이겠지?"

"믿고 싶지 않지만 그럴 거야."

"전임시장 집이라는 말, 너도 들었지?"

"응, 들었어."

"그 집을 왜 그렇게 박살 낸 걸까?"

나도 그게 무척 궁금했다. 정보를 확인하려면 검색이 필요했다. 스마트폰으로 전임시장에 관한 정보를 찾았다. 먹는 샘물 공장과 소각장 허가를 내준 때가 전임시장이 재임하던 시기와 일치했다. 나는 검색 결과를 진서에게 보여주었다.

"복수구나."

진서가 머리를 감싸 쥐었다.

"쉽게 안 끝내겠지?"

진서 눈에 절망이 어렸다.

"아마도."

아니라고 대답하고 싶었지만 그럴 수 없었다.

학교는 뒤숭숭했다. 학생들뿐 아니라 선생님들도 어찌할 바를 몰랐다. 수업은 하는 둥 마는 둥 했다. 학교 화장실에서도 새까만 물이 나왔고, 정수기 물은 그나마 상태가 조금 나았지만 마실 만한 상태는 아니었다. 애들은 틈만 나면 뉴스를 찾아봤다. 긴급뉴스가 쏟아졌고 별의별 이상한 소문이 다 돌았다. 전임시장 아파트에서 벌어진 것과 비슷한 사건이 소각장 회사 사장과 폐기물 수거업체 사장 집에서 벌어졌다는 뉴스가 나왔다. 애들은 조심스럽게 연화를 입에 올렸다. 어제 본 소각장 영상, 밤에 들리던 노래. 수돗물 오염 사태, 부서진 집과 관련된 사람들을 연결하면 자연스럽게 연화가 떠오를 수밖에 없었다.

3교시, 선생님이 오전 수업만 한다는 소식을 알렸다. 물이 오염되어 학교식당에서 조리를 할 수 없다는 게 이유였다. 도시 전체가 엉망이라 대체 식품을 구하기도 어려운 상황이었다. 우리 학교뿐 아니라 도시에 있는 다른 학교도 다 마찬가지였다. 3교시 수업도 하는 둥 마는 둥 하고 끝났다. 4교시에는 선생님이 아예 들어오지 않았다. 조용히 시키려고 애쓰지 않아도 다들 조용히 앉아 인터넷을 뒤적였다.

4교시가 10분쯤 지났을 때 민혜가 들어왔다. 몸이 괜찮아졌다는 소식은 들었는데, 아침에 퇴원해서 곧바로 학교로 온 모양이었다. 반갑게 인사하려는데 민혜가 자기 사물함에서 짐을 빼서 가방에 넣더니 곧바로 교실을 나가버렸다. 나는 급하게 민혜를 따라갔다.

"민혜야!"

민혜는 들은 척도 하지 않았다.

"야! 유민혜!"

민혜 팔뚝을 잡았다.

"너, 왜 그래?"

"너야말로 왜 그러는데?"

민혜가 다짜고짜 짜증을 냈다.

"퇴원했으면 애들하고 인사도 하고……."

"인사는 왜 해? 어차피 이제 여기 안 다닐 건데."

뜬금없는 말이었다.

"너 학교 그만둘 거야?"

"전학 갈 거야. 담임한테도 말했어."

"연화를 피해서 전학 가는 거야?"

"그 더러운 괴물은 입에 올리지도 마. 이름만 들어도 치가 떨리니까."

"도망치지 말고 책임을 져야지."

내가 잡아도 계속 걸어가던 민혜가 우뚝 서더니 나를 노려봤다.

"책임? 무슨 책임?"

"네가 연화를 괴롭혔잖아. 옷도 몰래 훔쳤고."

"진서가 일러바쳤어?"

"진서도 연화한테 당했어. 하는 수 없이 나한테 털어놓았고."

"연화가 괴물이 된 게 어떻게 내 책임이야? 내가 무슨 신이라도 돼?"

"용서를 빌어."

"누구한테? 연화?"

민혜가 손을 확 잡아 뺐다.

"미쳤어? 수돗물을 시커멓게 만들고, 이상한 노래를 부르고, 사람들을 공격하는 그런 괴물한테 용서를 빌라고? 도대체 어떻게 비는데? 그래, 빈다고 치자. 그럼 그 괴물이 '네, 알겠습니다' 하면서 그만두기라도 한대?"

민혜 눈에 핏발이 섰다.

"넌 도망 못 가."

"도망이 아니야. 전학이지."

좋은 말로 해봐야 내 말을 들을 민혜가 아니었다.

"도망치고 싶으면 도망쳐 봐. 그렇지만 네가 어디로 가든 안전하지 않을 거야. 네가 어느 곳에 살든 상하수도는 연결되어 있으니까."

다들 각자 살아간다고 생각한다. 삶은 고독한 경주라고 여긴다. 서로 이기심을 채우며 남보다 잘나고 싶어서 애쓴다. '홀로 사는 삶'이라는 믿음에 사로잡히다 보니, 서로가 얼마나 기대고 이어져 사는지를 대부분 잊고 지낸다. 수도관이 오염되자 도시에 사는 사람들은 다같이 나락으로 떨어졌다. 이어져 있다는 사실을 제대로 인식하지 못하고 살았는데, 물이 오염되자 이 도시에 사는 우리가 모두 공동운명체라는 놀라운 사실이 드러났다.

"그럼 해외로 가면 돼. 어차피 나중에 유학 갈 생각이었어."

"지구는 70%가 물이야. 시간은 걸리겠지만 연화는 너를 찾아낼 거야. 다음에 연화가 너를 찾아가면 그때는 이 정도로 끝내진 않을걸."

협박은 확실히 먹혔다.

"그럼 그 괴물한테 무릎 꿇고 사과라도 하라는 말이야?"

"괴물, 괴물 하지 마! 연화는 괴물이 아니야. 가난하고 약하고 뚱뚱하다고 함부로 놀리고 깔본 네가 괴물이고, 그걸 모른 척한 내가 괴물이지. 연화는 아니야."

민혜가 입술을 깨물었다.

"사과해. 나도 사과할 테니."

민혜는 아무런 대답을 하지 않았다.

"유민혜!"

담임 선생님이었다.

"어, 회장도 있었구나. 잘됐다. 잠깐 선생님이랑 할 얘기가 있으니 따라와."

선생님은 나와 민혜를 상담실로 이끌었다.

마주 앉을 줄 알았는데 선생님이 나와 민혜 옆에 나란히 앉았다.

"선생님, 무슨……."

내 질문이 끝나기도 전에 고급스러운 정장을 입은 남자와 여자가 들어왔다.

"이분들은 기관에서 나오셨어. 이번 사태에 관해 알아볼 게 있다고 하시네. 연화와 관련해서 아는 이야기는 다 말씀드렸으니까, 너희는 너희가 보고 겪은 일만 솔직하게 말씀드리면 돼."

기관에서 나왔다는 남자와 여자는 아무런 감정이 느껴지지 않는 표정으로 우리를 훑어봤다.

"둘 중 사고를 당한 학생이 누구죠?"

"민혜라고, 이 학생입니다."

선생님이 우리 대신 대답했다.

여자가 일어나더니 품에서 이상한 물건을 꺼냈다. 공항에서 보안요원들이 쓰는 금속탐지기처럼 생겼는데 손잡이가 특이했다. 역사책에서 본 청동검 손잡이 같은 생김새였다. 여자는 민혜를 일으켜 세우더니 보안요원처럼 손에 든 도구로 민혜 몸을 훑었다.

"스쳐 가긴 했지만 남지는 않았습니다."

여자는 남자에게 존댓말을 썼다.

"유민혜 학생이 나중에 당했고, 처음 당한 학생이 아직 입원해 있다는 강수경 학생이겠군요."

"네, 그렇습니다."

선생님이 다시 대답했다.

"유민혜 학생, 그때 있었던 일을 말해줄래요?"

민혜는 긴장했는지 거칠게 심호흡을 몇 번 했다.

"그게……."

그때 내 전화기가 울렸다. 소미였다.

"죄송한데, 제 동생한테 온 급한 전화라 받아야 해서……."

나는 전화를 받으며 얼른 밖으로 나왔다.

"어, 소미야. 이 시간에 웬 전화야?"

"언니, 무서워 죽겠어."

소미를 달래서 이야기를 들어보니 학교가 뒤집힌 모양이었다. 겁에 질려 두서없긴 했지만 정리하면 '난데없이 학교 화장실 물이 넘쳐서 엉망이 되었다. 학교 시설을 관리하는 아저씨가 화장실을 치우려고 했는데, 갑자기 강력한 회오리가 몰아쳐서 크게 다쳤다. 학교에서는 곧바로 수업을 끝내고 집으로 돌아가라고 했다. 그래서 지금 집으로 가는 중'이라는 말이었다.

"언니도 4교시까지만 하고 집으로 가니까 집에 가서 기다려."

전화를 끊고 상담실로 들어갔는데, 기관에서 나왔다는 남자가 윗사람에게 전화로 보고하고 있었다.

"…… 네, 그게 다랍니다. …… 정말입니까? 그 시설 관리 직원이 옛날에 부도난 생수 공장 사장이었군요. …… 알겠습니다. 크게 다쳤다니 흔적이 남았을지도 모르겠군요. 강수경 학생에게 가기 전에 먼저 들르겠습니다. 병원이? …… 아, 네. 여기 조사가 끝나는 대로 바로 이동하겠습니다. …… 네? 그 병원에 그 할머니도 있다고요? 그럼 확인을……. …… 알겠습니다. 명심하겠습니다."

통화 중인 목소리가 이상하게 거슬렸다. 남자는 전화를 끊더니 여자에게 귓엣말로 속삭였다. 그 표정도 거슬렸다. 이유는 모르겠지만 믿으면 안 될 사람처럼 느껴졌다.

"학생이 최초 목격자라고 했나? 그때 상황이 어땠지?"

나는 처음 일이 벌어졌을 때 상황을 간략하게 설명했다.

"연화 할머니도 만났다고 들었는데, 그때 무슨 일이 있었지?"

'친구 걱정이 돼서 찾아갔고, 할머니가 이런저런 넋두리를 늘어놨는데 잘 못 알아들었다. 그러다 갑자기 할머니가 쓰러져 119에 연락했다'라고만 말했다. 왠지 다 털어놓으면 안 될 듯해서 진서와 같이 갔다는 말이랑 연화 가족에 얽힌 사연은 말하지 않았다.

"혹시 어제 찍힌 화재 영상 속 여학생이 본인인가?"

나는 부정하지 않았다.

"그땐 왜 그 자리에 있었지? 연화 할머니는 병원에 간 뒤라 소각장에 갈 이유가 없었을 텐데."

"소방대원들이 긴급하게 무전 치는 소리를 들었는데, 연화네 집이 근처라 걱정이 됐어요. 혹시 불이 연화네 집으로 옮겨붙으면 어쩌나 싶어서 얼른 가봤어요."

"불을 일으킨 장본인이 연화라고 생각해서 간 건 아니고?"

의심이 가득한 눈초리였다.

아무리 봐도 이들은 연화에게 좋은 목적으로 온 사람들 같지 않았다.

"연화가 무슨 수로 불을 일으켜요? 쓰레기며 오물, 악취에 시달리면서도 오랫동안 그 동네에서 묵묵히 참고 지냈는데……."

응급상황이 닥치면 나는 평소보다 더 차분해진다. 나는 침착하게 가짜 이유를 댔다.

"지금 이 도시에서 벌어지는 이상한 일도 친구인 연화와 아무 상관 없다고 생각해? 조금 전에 민혜 학생은 이 모든 일을 일으키는 원흉이 연화라고 확신하던데……."

나는 민혜를 흘깃 한 번 보고는 어깨를 으쓱했다.

"민혜가 왜 그렇게 생각하는지는 저야 모르죠. 월요일에 민혜가 병원에 실려 간 뒤에 제대로 이야기를 나눈 적이 없으니까요. 지금 뉴스에 괴물이니 뭐니 하는 말이 나오지만 전 믿지 않아요. 과학으로 설명하기 어려운 현상이 벌어지면 온갖 괴상한 이유를 갖다 붙이지만, 시간이 지나면 과학자들이 정확한 원인을 찾아내잖아요. 저는 이번 일도 그러리라고 봐요."

"아주 당돌한 학생이군."

남자가 묘한 웃음을 지었다. 남자와 여자는 다시 귀엣말을 나누더니 자리에서 일어났다. 그들은 민혜와 나를 쓱 훑어보더니 아무런 말 없이 밖으로 나갔다.

우리는 상담실에서 나와 곧바로 교실로 갔다. 때마침 4교시 종료를 알리는 종소리가 울렸다. 선생님은 조심하라면서 내일 등교 여부는 문자로 알려줄 테니 잘 확인하라고 한 뒤에 종례를 끝냈다. 나는 민혜와 진서를 따로 불렀다. 애들이 다 빠져나간 교실에 우리 셋만 남았다.

"민혜 넌 어떡할 거야? 정말 전학 갈 거야?"

"민혜 너, 전학 가?"

진서가 화들짝 놀랐다.

"그렇게 협박해 놓고, 전학 갈 거냐고 물으면 좋냐?"

민혜가 쏘아붙였다.

"멀리 도망쳐도 연화를 피하진 못한다는 사실을 알려줬을 뿐이야."

"그 사람들한테 왜 괴물이 연화라고 말 안 했어? 왜 거짓말한 거야?"

민혜가 따져 물었다.

"둘이 무슨 일 있었어?"

진서가 끼어들었다.

"그건 조금 뒤에 말해줄게."

나는 진서를 달랬다.

"수상해 보여서 그랬어. 네 몸에 댔던 물건도 괴상하고."

"연화가 괴물이 된 건 안 수상하고?"

예전 민혜 말투가 아니었다. 다른 사람이 된 듯했다.

"아무래도 수경이한테 가봐야겠어. 같이 갈래?"

"거길 왜 가?"

나는 민혜 반응은 무시했다.

"수경이가 입원한 병원에 연화 할머니도 입원해 계시다니 가봐야지. 무엇보다 기관에서 왔다는 사람들이 무슨 일을 하는지 확인도 해

봐야겠고."

"난 같이 갈게."

진서가 말했다.

"너까지 왜 이래? 가서 뭐 하게?"

민혜가 진서에게 따져 물었다.

"어차피 피할 곳도 없어. 그러면 맞부딪쳐야지. 이대로는 못 살아."

진서가 단호하게 말했다.

"다시 말하는데, 연화한테 용서를 빌어."

내 말에 민혜는 아무 대꾸도 하지 않았다.

"연화는 물이 연결된 곳이면 어디에나 있어. 네가 진심으로 용서를 빌면 연화가 들을 거야."

확신이 서지 않았지만 그렇게 말하는 수밖에 없었다.

나는 스마트폰 앱을 열어 택시를 불렀다. 진서와 나는 같이 나갔고, 민혜는 교실에 남았다. 진서와 함께 택시를 기다리면서 소미에게 연락했다. 소미는 집에 혼자 있었다.

"수경 언니가 입원한 병원에 들렀다가 갈게."

"언니, 약속이랑 다르잖아."

"미안해. 그렇지만 가봐야 해서."

"먹을 게 아무것도 없어. 물이 없어서 라면도 못 끓여 먹는단 말이야. 편의점 음료수도 다 떨어졌고, 빵집이랑 식당도 다 닫았고."

소미가 투덜거릴 만한 상황이긴 했다. 나도 아침에 조금 마신 음료수 외에는 물 한 모금 마시지 못해서 갈증이 심한 상태였다. 되도록 선택하지 않으려던 방법밖에 없었다. 나는 엄마 회사 비서실에 연락해 상황을 설명하고, 소미를 잠시만 돌봐달라고 부탁했다. 엄마 회사는 옆 도시에 있었는데, 다행히 물이 정상으로 나온다고 했다. 소미에게 다시 연락하고 나니 택시가 왔다. 곧이어 엄마에게서 전화가 왔다.

걱정스러운 말 몇 마디를 던진 엄마는 늘 하던 부탁을 다시 했다.

"엄마가 늘 말했지. 감당 못 할 일은 하지 말라고."

엄마는 이상한 낌새를 눈치챈 듯했지만 더는 추궁하지 않았다.

택시 타고 가면서 진서에게 기관 사람들을 만난 이야기를 해주었다. 진서는 고개를 갸웃하면서도 나처럼 그들을 의심하지는 않았다. 병원은 정상으로 돌아갔다. 병원 주변 가게에는 사람들이 넘쳐났다.

"자기 할머니가 있는 곳이라고 놔둔 모양이네."

진서가 심술궂게 말했다.

택시에서 내려 병원으로 들어가려는데, 입구에서 엄마와 딸로 보이는 두 사람이 심하게 다투고 있었다. 딸은 우리 시에서 유명한 예술고등학교 교복 차림이었다.

"안 미쳤다고 몇 번이나 말해야 알아들어!"

"알았으니까 검사 몇 가지만 하라고."

"검사하면 뭐 해? 난 정상인데."

"검사해서 정상이라는 걸 증명하면 되잖아."

"어제 내가 말한 소리가 오늘 들리잖아. 근데도 엄마는 안 믿잖아."

"그걸 어떻게 믿어?"

"지금도 들려. 부서지고 깨지고 아우성치고 울부짖는…….

딸은 귀를 막았다.

"얘가 정말. 유리야! 정신 차려."

"난 제정신이야!"

"그래, 알았다. 알았어……. 나도 지친다. 집에 가자."

엄마가 포기했고, 딸이 이겼다.

모녀가 주차장으로 걸어가는 뒷모습을 물끄러미 바라보았다. 딸에게 환청이라도 들리는 걸까? 그렇다면 조현병일 확률이 높았다. 고등학생인데 조현병이라니…….

안내소에 가서 면회를 신청했다. 연화 할머니는 되는데, 수경이는 중환자실에 있어서 면회가 안 된다고 했다. 할머니라도 보려고 의자에 앉아 면회 시간이 될 때까지 기다렸다. 면회 시간이 다 돼서 막 일어나려는데, 오전에 봤던 기관 사람들이 현관에 나타났다. 나는 진서를 이끌고 재빨리 몸을 숨겼다.

"저 사람들이야."

"아, 그 기관에서 나왔다는……."

"저 사람들이 너는 모르니까 몰래 미행해서 뭘 하는지 살펴봐."

"꼭 그래야 해?

"나도 왜 이렇게 불길한 예감이 드는지 잘 모르겠어."

"영화 한 편 찍지, 뭐."

진서가 유쾌하게 받았다.

"들키지 않게 조심해."

진서는 교복 윗도리를 벗더니 반소매 차림이 되었다.

"옷은 왜 벗어?"

"우리 학교 교복이면 아무래도 의심할 거 아냐."

진서는 스마트폰을 무음으로 바꾸더니 무선이어폰을 귀에 꽂았다.

"급한 연락은 문자로 해."

진서는 정보요원처럼 말했다. 나는 엄지를 추켜세웠다. 진서는 자연스럽게 주변을 돌아다니다가 그 사람들 뒤를 따라갔다.

곧이어 내 면회증이 나왔다. 면회증을 목에 걸고 연화 할머니 병실로 갔다. 이것저것 묻고 싶었지만, 할머니가 잠들어 있어서 그냥 가만히 지켜보기만 했다. 그때 진서한테 문자가 왔다.

🗨 그 사람들이 수경이를 옮기려고 해

💬 어디로?

🗨 빈 병실로 옮기려는데 빈 병실이 없대

그래서 간호사실 옆에 있는 치료실로 옮기려나 봐

지금 그쪽으로 이동 중

💬 뭐 하는지 볼 수 있겠어?

🗨 내가 어떻게든 해볼게

나는 연화 할머니 옆에 앉아 연락이 오기를 기다렸다. 1분도 지나지 않아 다시 진서한테 문자가 왔다.

> 💬 나 지금, 그 치료실 안 화장실로 들어왔어

> 💬 괜찮아?

> 💬 딱 좋아

> 💬 들키지 않겠어?

> 💬 저 사람들이 화장실로 들어오지 않으면 안 들켜
>
> 설마 화장실에 들어오겠어?

> 💬 조심해

> 💬 걱정 마

다시 연락이 올 때까지 기다리는데 무척 초조했다. 할머니는 여전히 깨어나지 않았다. 5분쯤 지난 뒤에 문자가 왔다.

> 💬 피해! 그쪽으로 간대

나는 재빨리 할머니 병실 밖으로 나왔다.

> 💬 빠져나왔니?

> 💬 응

🗨 다행

뭘 검사하는지 모르지만 수경이 안에 뭐가 남아 있대

할머니한테도 있는지 확인하려고 이쪽으로 데려오려나 봐

난 여기 계속 있을게

나는 얼른 여자 화장실로 들어갔다. 화장실에서 살짝 고개를 내밀면 할머니 병실 입구가 보였다. 여자 요원이 간호사와 함께 나타나더니 할머니 침대를 끌고 이동했다. 나는 멀리 떨어져서 뒤를 밟았다.

💬 지금 거기로 들어가. 조심!

🗨 알았어

너도 조심해

나는 멀리 떨어진 곳에서 간호사실 옆에 딸린 치료실을 지켜봤다. 굳게 닫힌 문 안에서 그들이 뭘 하는지 무척 궁금했지만 알 방법은 없었다.

🗨 들켰어

어떡해?

나는 재빨리 그곳으로 달려갔다. 그러고는 문을 세게 두드렸다. 문이 열리고 여자가 나타났다.

"안녕하세요."

그러면서 안쪽을 재빨리 살폈다. 수경이와 할머니 침대가 나란히 놓여 있고, 그 사이에 남자가 서 있었다.

"넌, 그 당돌한 여자애구나."

"네! 제 친구 수경이 면회를 왔는데, 이곳에 있다고 해서요."

"면회가 안 될 텐데……."

여자가 나를 의심스럽게 위아래로 살폈다.

"지금은 중요한 검사를 하는 중이야. 방해하지 마."

여자는 문을 세게 닫아버렸다.

이대로 가면 진서가 들킬지도 모르는데, 다시 문을 두드릴 수도 없고 난감했다. 어찌할 바를 몰라서 막막해하는데 바로 옆에서 인기척이 들렸다. 긴 머리를 뒤로 묶고, 두꺼운 안경을 쓴 여자가 다가왔다. 목에 공무원 신분증이 걸려 있었다.

공무원 여자가 문을 두드렸다. 나는 얼른 자리를 피했다.

"구청 사회복지과에서 나온 권민희라고 해요."

권민희라는 여자가 신분증을 들어 보였다.

"제가 송점순 씨를 담당하는데 병실에 없어서 찾아왔어요."

여자 요원이 권민희를 위아래로 훑어봤다.

"도대체 여기서 뭐 하는 거죠?"

권민희는 병실 안쪽을 살피더니 목소리를 더 높였다.

"당신들, 의료진도 아니면서 여기서 뭐 하는 거죠? 병원이 이래도 돼요? 여기 담당 간호사가 누구예요?"

권민희가 복도에서 간호사실을 향해 소리를 질렀다. 권민희가 병실 안으로 들어갔고, 소리를 듣고 나온 간호사들도 따라 들어갔다.

"우리는 기관에서 나왔습니다."

남자가 내리까는 투로 말했다. 저 위에서 내려온 아주 높은 사람이라는 분위기를 풍기려는 말투였다.

"저도 기관에서 나왔어요."

권민희는 전혀 기가 죽지 않았다.

"간호사도 없이, 외부인이 환자를 데려다 놓고 도대체 뭐 하는 짓이에요?"

권민희가 안에서 큰소리로 따져 물었고, 기관에서 나온 사람들과 간호사들은 당황했다. 그들은 권민희를 이해시키려고 애썼지만, 권민희는 더 세게 몰아붙였다. 나는 소란한 틈을 타 병실로 슬쩍 들어가 화장실 문을 조심스럽게 열었다. 진서는 들키지 않고 화장실에서 빠져나왔다. 우리는 잰걸음으로 병원을 벗어났다.

"와! 살 떨려! 첩보영화 찍는 줄⋯⋯."

들뜬 진서가 진정할 때까지 기다렸다가 안에서 어떤 일이 벌어졌는지 물었다.

"수경이한테 무슨 검사를 했나 봐. 여자가 '반응이 옵니다. 남아 있습니다'라고 말했어."

"남아 있다니, 뭐가 남아 있다는 걸까?"

"그건 나도 모르지. 아무튼 조금 뒤에 연화 할머니도 검사하더니 무척 흥분한 말투로 '둘 사이에 공명이 일어납니다. 잡아끄는 힘이 강합니다'라고 했어. 그러고는 남자가 통화를 하는데 '반응이 강합니다. 남아 있습니다. 분리해서 끌어들이면 본체를 잡을 수 있겠습니다'라고 하더라. 이게 내가 들은 전부야. 그 뒤에 내가 실수로 소리 내는 바람에 들킬 뻔했고."

"고생했어. 그들이 말하는 본체가 연화를 말하는 거겠지?"

"아마도……."

"할머니와 수경이를 이용해서 연화를 붙잡으려나 봐."

"내 생각도 그래."

그때 권민희라는 공무원이 우리 쪽으로 걸어왔다. 우리는 얼른 입을 다물었다. 권민희는 목에 건 공무원증을 벗더니 주머니에 넣었다.

"안녕! 난 권민지라고 해."

"권민희…… 아니었나요?"

"그건 그냥 위장한 이름이야. 반가워."

권민지가 안경을 벗었다. 안경을 썼을 때는 30대 초반으로 보였는데, 벗으니 훨씬 젊어 보였다.

"너희들, 그 애 친구니?"

권민지가 물었다.

"네, 수경이 친구예요."

내가 대답했다.

"입원한 애 말고, 이 도시를 엉망으로 만드는 애 말이야."

나는 잔뜩 경계하며 뒤로 한 걸음 물러났다.

"네가 화장실에 숨어 있던 애구나."

권민지가 진서를 보면서 빙그레 웃었다.

"화장실에서 그들이 하는 말을 들었지?"

진서가 고개를 끄덕였다.

"어떤 말이었는지 나한테 알려줄래?"

나와 진서는 서로 눈치를 살폈다. 어떻게 해야 할지 갈피를 잡을 수 없었다.

"아, 참! 내 정신 좀 봐. 나는 민속신화연구소 소속 연구원이야."

권민지는 명함을 내밀었다.

"신분도 속였는데 이걸 어떻게 믿죠?"

내가 물었다.

"저들은 그 애를 잡아서 이용하려는 거지만, 나는 그 애를 구하려는 거야."

"저 사람들은 도대체 정체가 뭐죠? 기관에서 나왔다고 하던데……."

"맞아, 정부 비밀기관에서 나오긴 했지. 문제는 저들이 정부를 위해서 일하는 게 아니라, 진짜 정체를 숨기고 있다는 거지만."

"진짜 정체요?"

"저들은 사냥꾼이야."

전혀 예상치 못한 답변이었다.

"네 친구 같은 존재를 잡는 사냥꾼. 너희들은 이 이상 알지 않는 게 좋아. 이제 말해줘, 저들이 뭐라고 했는지."

나는 일단 믿어보기로 했다. 왜 그들에게서 불길한 기운을 느꼈는지 나름 설명되었기 때문이다.

"진서야, 얘기해 줘."

내가 말하자 진서는 나한테 했던 얘기를 되풀이했다.

"역시 그럴 줄 알았어. 혹시 연화와 할머니가 어떻게 살아왔는지 아는 게 있니?"

내가 아는 이야기를 간추려서 전했다.

"저도 묻고 싶은 게 있어요."

"내가 대답할 수 있는 거면 답해줄게."

"어떻게 하면 연화를 원래대로 되돌릴 수 있을까요?"

이 사태가 벌어지고 내가 계속 고민 중인 문제였다.

"떠오르는 방법이 있긴 하지만 확신하지는 못해."

"괜찮아요. 어차피 지푸라기라도 잡아야 하니까요."

"네 친구는 어떤 이유인지는 모르지만 거대한 힘을 얻었어. 힘이 워낙 강해서 자기 것으로 만들지 못하고, 도리어 그 힘이 네 친구를 집어삼켜 버렸어. 그 결과는 보는 그대로야. 자아를 거의 상실한 채 힘이 이끄는 대로 끌려다니며 세상을 혼란스럽게 만드는 중이지. 내 생각

엔 인생에서 가장 소중한 사람을 만나면, 잃어버린 자아를 찾아 힘을 통제하고 원래대로 돌아올 수도 있다고 봐."

"연화한테 가장 소중한 사람이라면……."

"할머니는 아닌 듯하니 엄마나 아빠겠지."

"두 분은 집을 나가서 어디 계신지 몰라요."

"너희는 어때? 연화와 친했니?"

"아니요, 저는 연화를 괴롭히는 못된 애였어요."

진서가 솔직하게 고백했다. 자기 잘못을 그대로 털어놓다니 놀라운 변화였다.

"저도 딱히 친하지는 않았어요. 반 회장이 되는 바람에 조금 관심을 기울였지만, 그전에는 남남처럼 지냈어요."

"그런데도 그 애를 위해서 이렇게 뛰어다니는 거야?"

나도 진서도 대답하지 않았다.

"지금으로서는 연화 엄마 아빠를 빨리 찾아야겠구나."

그렇게 말하고 권민지가 전화를 걸었다.

"나, 그 병원이야. 그 애 친구들을 만났어. …… 외삼촌은? …… 정말 그랬단 말이야? …… 그자들이 거기도 먼저 다녀갔구나. …… 그 애 엄마와 아빠가 집을 나간 지 꽤 됐다는데, 혹시 찾을 수 있을까? …… 그래, 내가 아는 정보를 보낼 테니까 회장님께 부탁해 봐. …… 알았어. 나중에 다시 연락해."

권민지 뒤에도 만만치 않은 세력이 있는 듯했다.

"외삼촌이 찾아본대. 결과는 장담하지 못하지만."

그때 갑자기 헬기 소리가 들렸다. 검은색 헬기가 병원 헬기장에 착
륙했다. 얼굴이 굳어진 권민지가 재빨리 헬기장 쪽으로 갔다. 우리도
뒤를 따랐다. 권민지는 헬기장이 잘 보이는 곳으로 가더니 몸을 숨겼
다. 헬기에서 까만 옷을 입은 네 사람이 내렸다. 그들은 사람 몸만큼이
나 큰 가방을 들고 있었다. 크기나 모양새를 봐서는 꽤나 무거울 듯한
데, 그들은 깃털처럼 가볍게 들고 움직였다. 사람이 아닌 다른 존재들
같았다.

"내 뒤로 숨어! 사냥꾼 중에서도 정말 무서운 자들이 왔으니까."

연꽃을 든 미소년

07

"엄청난 능력을 지닌 사냥꾼들이야. 저들에게 걸리면 벗어날 방법이 없어. 나도 저 정도 수준에 이른 사냥꾼은 딱 한 번 만났었는데 꼼짝 못 하고 당했어."

모르는 게 낫다고 했지만 커지는 궁금증은 어쩔 수 없었다.

"그나저나 최상급 사냥꾼 둘에, 상급 사냥꾼 둘이라니 일이 생각보다 심각하게 돌아가네."

권민지가 걱정스럽게 혼잣말을 했다.

"제가 가볼게요."

진서가 나섰다.

"네가? 안 돼. 위험해. 저들은 가까운 곳에서 자신들을 누가 지켜보기만 해도 눈치채. 지금 이 정도가 알아채지 못하는 가장 가까운 거리야. 그나마 내가 방어법을 써서 이 정도지. 다른 사람들이 몰래 봤다가는 1km 밖에서도 들킬 거야."

"저들이 사람이 아닌 것처럼 말하네요."

별생각 없이 툭 던진 말에 예상치 못한 답변이 되돌아왔다.

"맞아, 사람이 아니야. 우리랑 같은 공간에 살면서 사람처럼 보이지만 실제로는 전혀 다른 존재들이야."

더는 궁금증을 누를 수 없었다.

"사람이 아니라면 도대체 뭐죠?"

"더는 알려고 하지 마."

권민지는 단호히 내 질문을 잘라버렸다.

"아무튼 가까이 다가가려는 욕심은 버려."

"괜찮아요. 이래 봬도 저 연기 꽤 잘해요. 자연스럽게 지나치면서 뭐 하는지만 슬쩍 볼게요."

권민지가 말리는데도 진서는 뜻을 굽히지 않았다.

"휴, 좋아! 그렇지만 병실 바로 앞으로 지나가지는 마. 그런 거리면 네 마음이 병실 쪽으로 쏠리기만 해도 알아챌 거야. 눈길을 두는 건 말할 필요도 없고. 멀리 떨어져서도 한 번 지나간 곳은 다시 지나가지 마. 조금이라도 어색해 보이는 행동은 아무것도 하지 마. 문자도 보내지 마. 메시지가 조금만 이상해도 눈치챌 가능성이 있어."

권민지가 알려주는 주의사항을 듣고 있자니 그들이 영화에나 나오는 초능력자 같았다.

진서는 주의사항을 듣고 용감하게 병원으로 다시 들어갔다. 나는 이상하게 걱정되지 않았다. 근거는 없지만 진서가 잘하리라는 믿음이 있었다. 나와 달리 권민지는 초조한지 연신 시계를 확인했다. 진서가 병원으로 들어간 지 30분쯤 지난 후에 그들이 다시 나타났다. 아까와 똑같은 가방을 들고 헬기로 이동하는데 움직임이 훨씬 둔하게 보였다. 그들 뒤로 병실에서 만났던, 기관에서 나왔다는 두 명이 따라왔다. 그들은 전부 헬기를 타고 떠났다. 헬기가 떠나고 5분쯤 지나자 진서가 돌아왔다. 표정은 들어갈 때와 똑같이 여유로웠다.

"어떻게 됐어?"

진서가 오자마자 권민지가 다그쳐 물었다.

"병실 하나를 통째로 비우고, 그 안에서 수경이와 할머니를 나란히 눕혀 놓은 채 이상한 물건들을 설치했어요."

"그걸 봤어?"

권민지가 깜짝 놀라며 물었다.

"휴게실 의자에 앉아서 스마트폰을 만지며 노닥거리는 척하다가 문이 열리길래 잽싸게 그 앞을 지나쳤죠. 그때 봤어요."

"그렇게 주의하라고 했는데……, 넌 정말 겁이 없구나."

진서는 싱글벙글 웃었다.

"이상한 물건이라는 게 어떻게 생겼어?"

권민지가 물었다.

"팔이 여럿 달린 석상 모습이었어요. 팔 길이가 다 달랐고, 팔에 달린 손 모양도 다 달랐어요."

"혹시 초록빛이 도는 검은색이었니?"

"네, 맞아요. 아! 역사책에 나온 비파형동검 있죠? 딱 그 빛깔이었어요."

"또 다른 건?"

"아까 들어갔던 사람이 그 석상 옆에서 어떤 준비를 하는 것 같았는데, 그 이상은 볼 수 없었어요."

"포획이야!"

권민지가 긴 한숨을 내쉬었다.

"포획이라뇨?"

"그들이 이런 힘을 자신들 수중에 넣을 때 쓰는 의식이야. 수경이라는 애가 연화한테 가장 먼저 당했지?"

"네, 정수기 앞에서 쓰러진 채 발견됐어요."

"그때 연화를 이루는 힘 가운데 일부가 연화 본체로 돌아가지 못하고, 수경이에게 남은 듯해. 아직 힘을 제대로 통제하지 못하는 상태라 연화가 실수한 거지. 그래서 그들이 왔구나. 남아 있다기에 그냥 흔적만 남은 줄 알았는데, 본체를 이루는 일부가 남았을 줄 몰랐네. 그래서 최상급 사냥꾼이 둘씩이나 직접 온 거고. 큰일이야. 이대로 가면 연화가 저들에게 잡히는 건 시간문제야."

"저들에게 잡히면 어떻게 되는데요?"

내가 물었다.

권민지가 손가락으로 가위표를 만들었다.

"설마?"

"흔적도 없이 사라져. 이 세상에 아무런 흔적도 남기지 않고 깨끗하게."

나는 입술을 깨물었다.

"막아야겠네요."

"너도 참 별나구나. 보통은 겁먹거나 긴장하는데 그런 기색이 전혀 없으니."

권민지가 신기해하며 말했다.

"겁이나 긴장은 문제 해결에 아무런 도움이 안 돼요."

"너도 외삼촌과 똑같이 말하는구나."

권민지가 피식 웃었다.

"여기서 잠깐만 기다려. 내가 들어가서 어떻게 됐는지 확인해 보고 올 테니."

권민지는 다시 안경을 끼고 공무원증을 목에 걸더니 병원으로 들어갔다. 권민지가 사라지자 진서가 호들갑 떨면서 들어가서 겪었던 일을 자세히 풀어놓았다. 중요한 내용은 똑같았지만, 거기에 자기 상태를 재미나게 묘사하니 무슨 무용담을 듣는 듯했다. 장난기 넘치는 옛날 진서 모습 그대로였다. 진서가 펼치는 수다가 거의 끝날 때쯤 권민지가 돌아왔다.

"네 친구는 의식이 돌아왔어. 아주 멀쩡해졌어."

"정말요?"

"응, 의료진들이 놀라고 당황할 정도로 멀쩡해."

수경이가 건강하게 깨어나다니 정말 다행이었다.

"그리고 이건 안 좋은 소식인데, 연화 할머니가 내일 아침에 다른 병원으로 이송된대."

"왜요?"

"간호사들도 이유를 모른대. 위에서 명령이 내려왔다고만 했어. 아무래도 그자들이 손을 쓴 모양이야. 할머니를 이용해서 너희 친구인 연화를 포획할 음모를 꾸미는 게 분명해."

"막을 방법이 없나요?"

"이제부터 찾아봐야지."

권민지가 안경을 벗었다.

"나는 이제 가봐야 해."

공무원증도 벗어서 주머니에 넣었다.

"도움이 필요하면 내가 준 명함에 적힌 번호로 연락해. 그리고 혹시라도 연화 엄마 아빠 행방을 찾으면 나도 연락할게."

나도 권민지에게 내 전화번호를 알려주었다. 권민지가 떠나고 우리는 수경이에게 가려다가 그만두었다. 들어가 봐야 면회가 허락될 가능성이 없었기 때문이다. 택시를 타고 집으로 갔다. 택시에서 막 내리는데 진서 스마트폰이 울렸다.

"어, 수경이네!"

진서는 진심으로 반가워하며 전화를 받았다. 진서는 수경이가 회복된 걸 기뻐하며 수다를 떨었다. 한동안 수다를 떨다가 나에게 전화기를 넘겼다. 나는 가볍게 안부만 확인하고, 전화를 끊으려고 했다. 그런데 수경이가 또다시 내 속을 건드렸다.

"그 괴물 맞지? 수돗물을 엉망으로 만들고, 사람들을 공격하는 년이……."

자기 잘못을 반성하는 낌새는 티끌만큼도 느껴지지 않았다.

"괴물? 년? 넌 아직도 네가 뭘 잘못했는지 모르지?"

이틀 동안 혼수상태에 빠졌다가 조금 전에 깨어난 친구한테 할 소리는 아니지만 참기 힘들었다.

"그 괴물년 때문에 죽을 뻔했는데, 내 맘대로 부르지도 못해?"

수경이 말에 시퍼런 날이 서 있었다.

"네가 민혜, 진서와 함께 어떤 짓을 했는지 다 알아. 그런 짓 했으면 용서를 빌고 걱정을 해야지. 욕하는 게 정상이야?"

"괴물한테 무슨 용서를 빌어?"

"누가 괴물인데?"

나는 마음을 독하게 먹었다.

"너야말로 괴물 아냐? 겉모습이 이상해서 괴물이 아니라, 너처럼 못된 짓을 아무렇지도 않게 하고, 잘못했으면서도 뻔뻔하게 남 욕하는 게 괴물 아니냐고?"

"야, 너 진짜……."

수경이가 부들부들 떠는 게 눈에 보이는 듯했다. 어차피 선을 넘었다. 나는 멈칫거리지 않았다.

"너도 이제 뉴스를 보면 알겠지만, 연화는 자신을 괴롭힌 사람들에게 철저히 앙갚음하고 있어. 네가 그런 식이면 연화가 다시 너를 찾아갈 거야. 어디 한번 그때도 이렇게 뻔뻔하게 굴어봐."

나는 매정하게 쏘아붙이고는 전화를 끊어버렸다. 전화기를 돌려주는데 진서가 내 눈치를 살폈다.

"너한테 하는 소리 아니야. 수경이가 못되게 굴어서 심술이 났어."

진서가 한숨을 내쉬었다.

"들어가서 쉬어. 연화가 다시 널 건드리지는 않을 거야. 네가 얼마나 달라졌는지 연화도 느낄 테니까."

"진짜 그럴까?"

진서 눈이 반짝였다.

"그래, 자기한테 못되게 구는 사람한테만 복수하잖아. 그러니까 걱정하지 말고 쉬어. 오늘 고생했어."

"그래, 너도 들어가 쉬어. 수돗물도 엉망이고, 악취까지 나는 집에서 제대로 쉴 수 있을지 모르지만."

진서가 얇게 웃었다.

"그렇긴 하다. 들어가."

진서가 손을 흔들면서 아파트 공동 현관으로 들어갔다. 나는 진서가 사라질 때까지 손을 흔들어주었다. 혼자 있으니 그때까지 의식하지 못했던 악취가 후각을 건드리면서 갑자기 머리가 지끈거렸다. 두통이 꼭 악취 때문만은 아니었다. 내가 감당하기 힘든 벅찬 문제 앞에 선 탓이 컸다. 그러고 보니 아침도 대충 먹고, 점심은 아예 먹지도 못했다. 잠시 앉아서 쉬고 싶었다. 의자에 앉는데 가슴이 답답했다.

내가 이렇게까지 해야 할까? 이 문제가 끝날 때까지 멀리 떠나버릴까? 엄마한테 사정을 설명하면 들어줄 텐데, 엄마는 늘 감당 못 할 일은 피하라고 했는데……. 머리를 감싸 쥐고 얼굴을 쓸어내렸다. 고개를 푹 숙인 채 길게 숨을 내쉬고 천천히 들이마셨다.

'어, 이게 무슨 향기지?'

고개를 들었다.

보송보송한 향기가 내 머리를 쥐어짜던 악취를 밀어내며 헝클어진 내 감정을 부드럽게 쓰다듬었다.

'어디서 이런 좋은 향기가?'

주변을 살폈다. 어디를 봐도 빛 한 줌 없는 어둠뿐이었다. 아무 소리도 없고 작은 바람도 느껴지지 않았다. 오직 싱그러운 향기만 새끼 고양이처럼 살금살금 다니며 내 후각을 건드렸다. 향기마저 없었다면 나라는 존재마저 알아채지 못할 만큼 깊고 고요하고 잔잔한 어둠이었다.

멀리서 노란 촛불이 떠올랐다. 아무런 흔들림 없는 촛불이었다. 촛불이 나에게 속삭였다. 이리로 오렴. 향기가 손이 되어 내 손을 잡았다. 향기에 손을 맡기고 천천히 따라갔다. 한 걸음 내디딜 때마다 새로운 향기가 나를 맞이했다. 꽃잎이 한 잎 두 잎 날리더니 발길이 닿는 곳마다 흩날렸다. 노란 촛불은 흔들리지 않은 채 나를 불렀고, 나는 향기와 꽃잎에 싸여 촛불을 향해 걸었다.

갑자기 회오리가 일어나더니 꽃잎이 내 시야를 가렸다. 꽃잎이 눈이 닿는 모든 곳을 채웠다. 흩날리던 꽃잎이 가라앉으니 꽃으로 가득한 정원이 나타났다. 꽃밭 한가운데에 꽃으로 지은 작은 정자가 보였다. 정자는 연꽃이 한가득 핀 연못 가운데에 있었다. 촛불이 정자 가운데 놓인 탁자에서 흔들림 없이 빛났다. 탁자 옆에 놓인 의자에 앉아 촛불을 바라봤다. 촛불이 눈을 채우자 생각이 텅 비더니 노란빛으로 채워졌다.

다른 움직임이 느껴졌다. 촛불에서 눈을 뗐다. 맞은편 의자에 예전에 한 번 마주친 듯한 여자가 앉아 있었다. 내 속을 훤히 들여다보는 듯한 표정과 눈빛이 꽤나 익숙했다. 기억 창고를 다시 열어서 과거를 뒤졌다. 어제도 아니고 그제도 아니다. 저번 주 언제였다. 아, 그때였구나.

"비 오는 날, 버스정류장에서 봤었죠?"

나도 모르게 질문부터 나왔다.

여자는 대답 없이 나를 가만히 보기만 했다. 어둠으로 감추고 싶은 부끄러움을 촛불로 찾아내는 사람 같았다.

"배고플 텐데 먹어. 물도 좀 마시고."

그 말과 함께 꽃향기 대신 음식 냄새가 코를 건드렸다. 촛불 주변에는 내가 좋아하는 음식들이 소담스럽게 차려져 있었다. 맑은 물방울이 맺힌 유리잔에 먼저 손이 갔다. 시원하고 깨끗한 물이 메마른 속을 촉촉하게 쓰다듬었다.

"그때 버스정류장에서……."

"먹고 이야기해. 네 친구 덕분에 나도 아침부터 갈증과 배고픔에 시달렸거든."

"아, 네."

익숙한 맛이었다. 마치 엄마가 방금 요리해서 차려준 것 같았다. 식사를 마치고 나니 식탁이 깨끗해지면서 달콤한 향과 함께 정갈하게 깎은 복숭아가 나타났다. 복숭아는 내가 가장 좋아하는 과일이다.

"이제 물어봐도 되죠?"

"응."

"지난주 비 오는 목요일에 버스정류장에서 마주친 분 맞죠?"

"극존칭은 쓰지 마. 너보다 겨우 한 살 많으니까. 내 이름은 은별이야, 고은별."

"저는 이루미예요."

"응, 알고 있어."

저 눈, 내 모든 걸 아는 듯한 저 눈, 방패를 들어서라도 가리고 싶었다.

"은별 언니라고 불러도 되죠?"

"네 마음대로 해. 그리고 네 물음에 답하자면, 맞아. 그때 너랑 네 친구가 지나가는 모습을 봤어."

"이런 질문이 적절한지는 모르겠지만 혹시 그때 제 친구 연화한테 뭘 어떻게 한 건가요?"

"그때 너희를 보긴 했지만 뭘 어떻게 하지는 않았어. 보이는 대로 본 게 어떤 행위라면 했다고 해야겠지만."

"보기만 했다니⋯⋯, 도대체 뭘 본 거예요?"

은별 언니는 표정 변화 없이 손으로 깍지를 끼고 턱을 괴더니 내 눈을 정면으로 응시했다. 마주 보고 싶지 않은 눈이었다. 모든 비밀을 헤집어서 밝은 햇빛 아래로 내던지는 무자비한 폭군 같은 눈이었다.

"지금 뭐가 느껴져?"

"네? 뭐가 느껴지다니요?"

"나는 보여. 아마 너도 느낄 텐데."

가릴 수 없었다. 속속들이 아는 눈이었다.

"뭔지 모르겠어요. 제 속을 샅샅이 훑고 지나가는 탐지견 같아요."

"재밌는 표현이네. 나는 그저 봤을 뿐이야. 연화도 보고, 너도 봤어."

"저도 봤다니⋯⋯."

"네 안에 깃든⋯⋯ 그걸 뭐라고 표현해야 할지 나도 아직은 적절한 낱말을 찾지 못했지만, 아무튼 봤어. 그리고 지금도 보여."

"도대체 뭐가 보이는 거예요?"

"말했잖아. 너도 지금 느낀다고."

"모르겠어요, 이상한 기분이 들기는 하는데 그게 도대체 뭔지."

"연화도 보여서 봤을 뿐이야. 그게 이런 힘인 줄은 전혀 몰랐지만."

믿기 힘든 설명이었다.

"알아차리면 있고, 알아차리지 못하면 없어. 그뿐이야."

"언니는 마법사인가요? 조금 전 요리도, 이곳 꽃밭도 마치 마법 같아요."

은별 언니는 깍지를 풀더니 꽃밭으로 시선을 돌렸다.

"나도 여기 주인이 궁금해. 아직 나도 그 정체를 정확히 모르거든."

그때 은별 언니가 자리에서 일어났다.

"저기 오네."

나도 따라 일어서며 은별 언니가 보는 곳을 봤지만 아무도 없었다.

"누가 온다는 거예요? 제 눈에는……."

말을 마칠 수가 없었다. 꽃잎을 날리며 나타나는 그 남자를 보았기 때문이다. 지난 주말에 아빠를 찾아갔을 때 만났던 바로 그 미소년이었다. 바라보기만 해도 설레는 아름다운 외모였다. 나는 돌처럼 서서 꽃향기보다 은은하고, 봄 햇살보다 화사한 얼굴에 빠져들었다. 은별 언니는 그 미소년을 마중 나갔다.

둘은 가까이 서서 서로를 따스하게 마주 보더니 손을 잡았다.

"일주일 만에 다시 볼 줄은 몰랐어."

"더 오래 기다렸다 초대할 걸 그랬나?"

"풋! 그랬다면 내가 모른 척했을 거야."

"다행이네."

두 사람에게서 연인들에게만 풍기는 향기가 났다. 심장 한편이 아쉬움으로 허물어졌다.

"강한 사냥꾼들을 가까운 곳에서 느꼈어."

"이 난리가 났는데 안 오면 이상하지."

"그곳에 갇힌 사냥꾼들은 어때?"

"아직 그대로야. 깊은 어둠 속에 갇힌 채."

"괜찮을까?"

"염려 마. 그들 힘으로는 절대 깰 수 없으니까."

꽃미남이 은별 언니 어깨를 살포시 감싸더니 손을 풀었다.

"손님이 왔으니 일단 먼저 대접하고, 우리 얘기는 조금 뒤에 하자."

두 사람은 나란히 걸어서 내게로 왔다.

"맛있게 먹었니?"

"아…… 네."

"복숭아는 어때?"

"맛있어요, 이제껏 먹은 복숭아 중에 가장."

"후후, 여기 복숭아가 나름 유명해."

미소년이 은별이를 보며 짓궂게 웃었다.

"질문해도 되나요?"

"얼마든지."

"당신은 누구고, 이곳은 어디며, 저를 왜 이곳으로 오게 했죠?"

"나는 황련이야. 예전에 불리던 이름이 있지만 은별이가 붙여준 황련이라는 이름이 지금은 더 좋아. 내가 어떤 존재인지, 무엇을 하려는 존재인지는 아직 말해줄 수 없어. 때가 되면 자연스럽게 알게 될 거야. 이곳은 오래전에 살던 내 고향 같은 곳이야. 물론 한동안 이곳에 오지 못했지만. 며칠 동안 다시 가꾸긴 했는데 옛날보다 못한 것들이 많아. 너를 이곳에 오게 한 까닭은 이미 너도 잘 알고 있을 거야. 지금 네가 하는 가장 큰 고민이니까."

그보다 반가운 말은 없었다. 촛불 빛이 환해지며 넓게 퍼졌다.

"연못에 핀 꽃이 참 예쁘지?"

황련이 손을 뻗자 꽃 한 송이가 두둥실 떠오르더니 촛불 위로 옮겨졌다. 연분홍 꽃잎을 겹겹이 두른 화려한 꽃이었다. 연못에서 피는 화려한 꽃, 혹시 이 꽃이 연꽃일까? 연꽃, 연꽃, 연꽃……. 아, 연화다!

"연화!"

놀라서 큰 소리를 내고 말았다. 은별 언니가 고개를 갸웃하며 나를 바라봤다. 속이 여전히 불편했다. 어둠을 헤집는 그 불을 꺼버리고 싶었다.

"진흙탕에서도 피는 고귀한 꽃이지. 고귀하고 아름다울 뿐만 아니라 생명력도 강해서 천 년이 지난 씨앗에서 꽃을 피우기도 해."

"연화가 연꽃처럼 진흙탕에서 핀 꽃이고, 생명력도 강하다는 뜻인가요?"

"연꽃 씨앗이 천 년이 지나도 발아하는 까닭은 씨앗 껍질이 단단하기 때문이야. 그 단단한 껍데기를 깨고 피어나려면 속 씨앗이 얼마나 힘들겠어? 더구나 주변은 온통 진흙탕이니 더 힘들지. 그 힘겨움을 이겨낸 뒤에야 고귀하면서도 강한 연꽃이 돼."

내게는 희망찬 예언으로 들렸다.

"연화가 곧 시련을 이겨내고 괜찮아질 거란 뜻인 거죠? 연꽃이 피듯이."

"그거야 모르지."

"방금 그렇게 된다고……."

"연꽃에 담긴 이치가 그렇다는 뜻이지 저절로 그렇게 된다는 말은 아니야. 복숭아 씨앗에서는 복숭아가 자라고, 연꽃 씨앗에서는 연꽃이 자라. 그건 자연의 순리야. 그 어떤 존재도 그 순리를 깨뜨리지는 못해. 복숭아 씨앗을 키워서 연꽃을 피워내는 일은 불가능해. 또 복숭아 씨앗이 저절로 복숭아나무로 자라서 맛있는 열매를 맺지도 않지. 씨앗에 담긴 힘, 주변 환경, 사건 등 수많은 요소가 상호작용해야만 가능성은 현실이 되니까."

선뜻 이해가 안 되는 말이었고, 내가 원하는 답도 아니었다.

"연화를 다시 되돌릴 방법은 있는 거죠?"

"나는 그 방법을 몰라."

황당한 답변이었다.

"실망스럽겠지만 나는 몰라. 내가 아는 것은 두 가지야. 하나는 연꽃을 피우지 못한 채 이대로 가면 거대한 재앙이 닥친다는 거야. 이제까지 인류가 저지른 재앙보다 더 무서운 재앙이 닥칠지도 몰라. 세상은 오염물질로 가득하잖아? 특히 바다는 거대한 오염물 덩어리야. 그 오염물질을 만나면 폭주한 연화가 얼마나 거대한 폭풍으로 커질지 어림조차 할 수 없어. 물론 때가 되면 재앙도 소멸할 거야. 무한히 커지는 힘은 없으니까. 물론 연화도 같이 소멸하겠지."

들고 싶지 않은 예언이었다.

"다른 하나는 그걸 막을 열쇠가 너라는 거지."

"저요?"

"그래, 바로 너! 내가 처음 널 만나서 그랬잖아. 바로 너라고."

"예언인가요?"

황련이 두 손을 양옆으로 슬쩍 들면서 빙긋 웃었다.

"나는 예언자가 아니야. 사람들이 흔히 믿는 그런 예언은 없어. 세상은 순리에 따라 흘러. 복숭아 씨앗에서 복숭아가 자라고, 좋은 날씨와 비옥한 땅과 튼튼한 씨앗과 좋은 농부를 만나서 풍성한 열매를 맺지. 그건 예언이 아니라 순리야. 미래는 아무도 몰라. 복숭아 씨앗에서 연꽃이 피지 않는다는 예언은 가능하지만, 복숭아 씨앗이 다시 복숭아나무로 자란다는 예언은 가능성일 뿐이야. 세상은 정해져 있지 않아. 인간은 미래를 알고 싶어 해. 두려우니까. 그렇지만 헛된 노력이야. 인간은 다만 순리에 따르고, 할 도리를 다하기만 하면 돼. 결과는 아무도 몰라. 그건 나도 마찬가지야."

걱정을 덜 줄 알았더니 더 큰 짐만 떠안고 말았다. 멀리 도망치려는 생각까지 했는데, 해결할 사람이 나밖에 없다니 이제는 꼼짝없이 얽힌 모양새다. 나는 그제야 황련이 나를 찾아온 이유를 알아차렸다. 내가 이 일에서 도망치고 싶다고 생각했기 때문이다. 황련은 내가 도망가지 못하게 막으려고 온 것이다. 연화를 도울 사람은 나밖에 없다는 걸 알려주기 위해!

"그런데 도대체 왜 저죠? 왜 저예요?"

억울함이 불쑥 치밀었다.

황련은 대답하지 않고 은별에게 시선을 돌렸다.

"그 질문은 내가 아니라 은별이에게 해야 해."

그 말은 은별 언니가 나를 선택했다는 뜻으로 들렸다.

"언니, 도대체 왜 저죠? 왜 저를 선택했어요?"

"말했잖아. 나는 단지 보여서 봤을 뿐이라고. 그 외에는 나도 몰라."

"도대체 그 봤다는 게 뭐예요? 뭐냐고요?"

"말해주기 어려워. 나는 아직 그걸 말로 표현할 능력이 없어. 그냥 보여서 볼 뿐이야. 왜 보이는지는 모르겠어."

은별 언니는 깊은 한숨을 내쉬었다.

"왜 너냐고 물었지? 나도 그래. 왜 나일까? 왜 나에게 이런 이상한 능력이 생겼을까? 왜 나는 지독한 허영과 거짓말만 늘어놓는 부모 밑에서 온갖 고통을 당했을까? 왜 나는 거짓투성이 인간들 틈새에서 그런 시련을 겪어야만 했을까? 왜 나는 황련을 깨웠을까? 왜 내게 이런

짐이 지워졌을까? 그건 몰라. 나도 궁금해 미치겠지만 답을 못 찾겠어. 황련이 한 비유를 빌리자면 나는 복숭아 씨앗이고, 너는 연꽃 씨앗인 셈이야. 내가 왜 복숭아 씨앗이고, 너는 왜 연꽃 씨앗일까? 그걸 어떻게 알겠어? 그렇지만 씨앗을 틔울지 안 틔울지는 내 선택이고, 또 네 선택이야. 어쩌면 선택으로 다 결정되지도 않겠지. 상황이 안 맞으면 선택과 상관없이 씨앗으로만 머물다가 사라지기도 할 테니까. 그게 다야."

나는 고개를 숙이고 두 손으로 얼굴을 감싸 쥐었다. 은별 언니와 황련은 신비한 존재다. 그렇지만 이들도 내게 닥친 문제를 어떻게 해결할지는 모른다. 내가 연화를 사람으로 되돌릴 능력이 있는지 없는지도 모르겠다. 그렇지만 연화를 가장 걱정하고, 가장 간절하게 연화를 원래 모습으로 되돌리고 싶은 사람이 나라는 건 확실하다. 나는 결심을 굳혔다. 왜 연꽃 씨앗으로 태어났는지는 모르지만, 어차피 연꽃 씨앗으로 태어났다면 꽃을 피우기 위해 애써야 한다. 왜 내게 이런 일이 생겼는지는 모르지만, 나는 내게 맡겨진 책임을 기꺼이 지기로 했다. 그렇다면 이제 방법을 찾아야 한다. 나는 손을 풀고 고개를 들었다.

"연화를 포획하려는 자들이 있어요."

"사냥꾼들이지."

황련이 대답했다.

"그들이 제 친구 수경이가 입원한 병원에 들렀어요."

나는 병원에서 겪은 일을 자세히 전했다.

"그들을 막아줘요. 아니면 그들을 막을 방법이라도 알려줘요."

"사냥꾼들 몇 명을 물리치는 거야 어렵지 않지만 그걸로 끝나지 않아. 그게 중요한 문제도 아니고."

황련이 말하는 중요한 문제가 뭔지 몰라도 나에게는 연화를 노리는 사냥꾼들을 막고, 연화를 원래대로 되돌리는 게 가장 중요한 과제였다.

"그들을 막을 방법은 없나요?"

"네가 열쇠야."

알쏭달쏭한 대답이었다.

"연화가 아빠나 엄마를 만나면 원래대로 돌아올까요?"

"그야 모르지. 그리고 가족이 꼭 좋은 것만도 아니야."

황련이 연꽃을 흔들더니 몸을 서서히 일으켰다.

"미래는 가능성이야. 가능성 가운데 하나가 현실이 되고, 나머지는 사라지지. 가능성은 무한하고, 무한 중에 무엇이 현실이 되어 과거로 박제될지는 아무도 몰라. 그래서 세상이지. 이미 결정된 세상은 지나간 시간밖에 없어."

은별도 따라 일어났다.

"이 꽃 받아."

황련이 촛불 위에 떠 있던 연꽃을 내게 주었다. 손을 내밀어 연꽃을 잡았다. 연꽃이 환하게 밝아지며 주변이 빛으로 가득해졌다. 빛 한가운데에 아주 잠깐 거대한 나무가 나타났다가 사라졌다. 찰나였지만 워낙 인상이 깊어서 생김새가 잊히지 않았다. 사방팔방으로 뻗은 거대한 줄기에서 셀 수도 없이 많은 가지들이 온갖 방향으로 꼬이고 엉키면서 뻗은 나무였다. 이파리 하나 없이 끝없이 갈라지고 나뉜 가지들이 무한한 공간 속으로 뻗어나가는 듯했다.

나무는 빛과 함께 사라졌고, 소리와 향기도 자취를 감추었다. 찰나이면서 영원 같은 시간이 지나갔다. 눈을 감았다. 호흡부터 되찾아야 했다. 온 힘을 기울여 들숨을 찾고, 날숨까지 꺼내자 감각이 조금씩 돌아왔다. 감긴 눈꺼풀 너머에서 빛이 아른거렸다. 눈을 떴다.

그 자리 그대로였다. 향기가 나기 전에 앉아 있던 의자에 나는 그대로 있었다. 다시 악취가 풍겼다.

'꿈이었구나.'

손에 낯선 촉감이 일었다.

'연꽃이잖아!'

그러고 보니 배가 불렀다. 목이 마르지도 않았다.

"맙소사, 진짜였어!"

신성한 힘

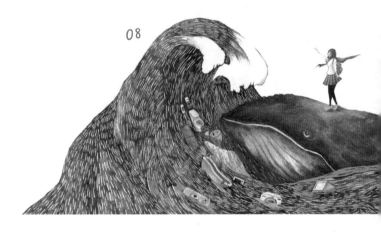

08

    오후 내내 비서실 직원과 같이 있던 소미는, 집에 데려다준 직원이 떠나자마자 마구 푸념을 늘어놓았다. 내 비밀을 알아내려고 끈질기게 쫓아다니는 소미를 어르고 달래느라 진땀을 뺐다. 저녁이 되니 악취와 오염된 물, 괴이한 공격을 당한 사람들에 관한 뉴스가 쏟아졌다. 정부도 긴급지원에 나섰지만 도시 곳곳에서 벌어지는 혼란을 수습하지는 못했다. 밤이 되어도 여전히 수도꼭지에서는 검은 물이 나왔고, 악취는 더 강해졌으며, 노래는 밤새 수도관을 타고 돌아다녔다. 고통스러운 밤이었다. 그나마 비서실에서 맑은 물과 음식을 잔뜩 가져다줘서, 다행히 먹고 마시는 문제는 해결할 수 있었다.

    목요일 아침이 되었다. 소미를 학교에 보내고, 나는 체험학습을 신청하려는데 때마침 학교에서 임시휴업을 한다는 문자가 왔다. 소미 학교도 마찬가지였다. 연화와 관련한 일이 생기면 나가봐야 할지도 모르는데 소미를 돌봐야 하니 난감했다. 내 속을 모르는 소미는 마냥 신나서 보드게임을 잔뜩 꺼내 왔다. 세상이 어찌 돌아가든 소미는 뜻밖에 주어진 자유가 즐거운 모양이었다. 하는 수 없이 소미와 보드게임을 했다. 첫판은 소미가 이겼고, 둘째 판은 내가 이겼다. 셋째 판을 하는데 권민지에게서 문자가 왔다.

> 💬 그자들이 할머니를 다른 데로 옮기네
>
> 예상대로 연화네 집 쪽이야
>
> 혹시 올 거면 연락해

소미가 혼자 있어도 괜찮은 나이라 다행이었다. 집에 있으라고 하고 나가려는데, 소미가 따라가겠다고 고집을 부렸다. 아무리 어르고 달래도 소용없었다.

"넌 애가 초등학교 4학년씩이나 돼서 집에 혼자 있지도 못하니?"

달래기를 포기하고 강공으로 나갔다.

"누가 혼자 못 있는데? 언니가 걱정되니까 그렇지. 언니가 또 사고 칠까 봐."

어처구니없어서 헛웃음이 나왔지만 방법이 없었다. 결국 소미를 데리고 나가는 수밖에 없었다. 진서에게 연락했더니 바로 나왔다. 막

택시를 부르려는데 민혜에게서 연락이 왔다.

"새벽에 화장실이 터지고, 부엌이 난장판이 됐어."

두려움에 떠는 민혜에게 상황 설명을 간단히 하고는 오라고 했다. 민혜는 어제와 달리 군소리 없이 우리와 함께하기로 했다. 택시를 타면서 권민지에게 연락했다. 권민지는 자기가 있는 곳으로 오라면서 주소를 보냈다. 연화네 집에서 조금 떨어진 곳이었다. 택시가 아파트 단지를 막 빠져나가려는데 수경이한테서 전화가 왔다.

"엄마 가게가 엉망이 됐어. 아빠 사무실도. 그년이, 아니 연화가 끝까지 복수하려는 거겠지?"

두려움이 썩은 진흙탕처럼 진했다.

"아마도."

"연화를 멈출 방법이 있기는 해?

"함께 찾아야지."

"휴, 내가 어디로 가면 돼?"

"너 병원이지? 우리가 그 앞으로 갈게. 정문으로 나와서 기다려."

병원으로 가서 수경이를 태우고 권민지가 있는 곳으로 갔다. 택시 안에서 수경이와 민혜에게 필요한 정보를 전했다. 권민지 옆에 마흔 살쯤으로 보이는 남자가 같이 있었다. 권민지 외삼촌인 듯했다. 두 사람은 망원경으로 연화네 집을 살피고 있었다. 우리는 각자 자기소개를 했고, 그 남자는 자신을 '김현'이라고 했다.

"연화 할머니는 저 집에 있어."

권민지가 말했다.

"그리고 안 좋은 소식인데, 연화 아빠는 오래전에 죽었대."

"연화 엄마는요?"

"아직 몰라. 찾는 데 시간이 꽤 오래 걸릴 것 같아."

나름 품었던 기대가 돌에 맞은 유리처럼 깨져버렸다.

"시간이 없으니 내가 상황을 설명할게."

김현이 손을 휘저으며 빠르게 말했다.

"저들은 어제저녁부터 근처를 통제한 채 공사를 했어. 수도관을 연화네 집까지 연결하고, 여러 장치들을 설치했지. 길을 넓히고 집 앞 담장을 허물어 넓은 공터를 만들더니 트럭을 끌고 왔어. 저기 저 큰 트럭 보이지? 트럭에 실린 컨테이너가 포획장치인데, 특수하게 제작한 저온창고야. 그 애는 점탄성 물질에 가까워서 온도가 낮아지면 활동력이 떨어지거든. 단지 온도만 낮춘다고 포획되지는 않아. 신성체를 잡으려면 결계가 필요해. 컨테이너 네 귀퉁이에 청동으로 만든 장치가 있고, 그게 바로 결계야. 어제 진서 양이 본 장치와 비슷한데 훨씬 더 강력하지. 연화 할머니와 이미 포획한 분신체를 이용해 연화를 끌어들여서 결계에 가두려는 계획인 게 분명해."

멀리 연화네 집이 보였다. 언뜻 보기에도 사람이 스무 명은 되었다. 저들이 모두 사냥꾼들이고, 그중에 최상급 사냥꾼도 둘이나 있다고 했다. 아무리 봐도 연화를 우리 힘으로 구하기는 불가능했다.

"약한 신성체는 저 정도 결계만 써도 잡히지만, 연화는 아주 강해서 최상급 사냥꾼들이 힘을 써야 해. 어제 진서 양을 저들이 알아보지 못한 건 결계를 강화하는 데 온 힘을 쏟았기 때문이야. 최상급 사냥꾼이라도 결계를 칠 때는 주변 감지 능력이 떨어지고, 외부 공격에도 취약해지거든. 그러니 상급 사냥꾼들은 어떻겠어? 따라서 저들이 연화를 가두고, 결계를 강화하려고 힘쓸 때가 연화를 구해낼 유일한 기회야."

설명을 듣자 질문이 마구 떠올랐다.

"지금 그 말은 힘없는 여자 중학생 몇 명과 함께 저 많은 어른을, 더구나 무서운 능력을 지닌 자들을 물리치겠다는 말씀이세요?"

김현은 쓸쓸하게 웃으며 고개를 끄덕였다. 심각한 상황에 비해 대응책이 지나치게 허술해서 실망스러웠다. 나는 다시 물었다.

"어제 통화할 때 들으니 뒤에 회장님이란 분이 있는 것 같았어요. 그분이 움직이면 되잖아요. 연화 아빠가 돌아가셨다는 사실을 금방 알아낼 정도면 대단한 힘을 지닌 것 같은데, 왜 이럴 때 나서지 않죠? 저들이 연화를 손에 넣으면 위험하다면서요. 나쁜 자들이라면서요. 그런데 왜 이런 중대한 일에 저희 같은 중학생이 나서야 해요?"

"안타깝지만 사정이 있어. 자세히 말할 수는 없지만."

더 파고들고 싶었지만 대답해 줄 리 없어서 다른 질문을 했다.

"신성체가 뭐죠? 설명을 들어보면 연화 말고도 이런 존재들이 많나 보네요."

"신성한 힘을 지닌 존재들을 일컫는 말이고, 오랜 옛날부터 존재했어. 다만 지금까지 봤던 신성체들이 과거부터 내려온 흔적이었다면, 연화는 완전히 새로운 신성체라는 점이 달라. 지닌 힘도 차원이 다르고."

"신성한 힘이 연화 같은 능력을 말하는 건가요?"

"꼭 그런 건 아니야. 어떤 능력인지는 발견하기 전까지는 아무도 몰라."

"결계를 강화하는 동안에는 최상급 사냥꾼들이 제힘을 쓰지 못한다고 해도 다른 사냥꾼들이 있잖아요. 어떻게 우리끼리 연화를 빼내요? 그리고 빼낸 뒤에는 어떡하죠? 또다시 연화가 마음대로 빠져나가면 어떡해요?"

"귀퉁이에 있는 청동상 네 개 중 하나만 제 위치에서 흐트러져도 결계는 무너져. 그래도 최상급 사냥꾼이 맡은 곳은 쉽지 않지. 그러니 좀 약한 상급 사냥꾼이 지키는 곳을 노려야 해. 청동상을 지키는 사냥꾼은 전혀 움직일 수 없기 때문에, 청동상을 흐트러뜨리면 그 상급 사냥꾼은 강한 타격을 입게 될 거야. 그 틈에 연화가 결계에서 빠져나올 테고, 그렇게 되면 나머지 사냥꾼들은 연화가 알아서 처리할 거야. 그다음에 우리가 분신체를 차지하면 연화는 자연스럽게 우리에게 올 수밖에 없어. 나한테는 연화를 붙잡을 새로운 결계가 있으니까."

"당신을 어떻게 믿죠?"

위험한 질문이지만 할 수밖에 없었다.

"의심은 당연해. 그렇지만 지금 나를 믿지 않으면 네 친구는 저들에게 잡혀서 힘을 빼앗긴 채 연기처럼 사라질 거야. 저들과 나를 비교해 봐. 딱 봐도 내가 더 약해 보이지? 최악을 가정하더라도 저들보다 약할 것 같은 내가 연화를 붙잡는 게 낫지 않겠어?"

맞는 말이었다. 저들이 지닌 힘을 직접 겪어보지는 않았지만, 분위기로만 봐도 저들이 훨씬 강하고 무섭게 느껴졌다.

"연화를 붙잡은 뒤에는 어떻게 하실 거예요? 다시 사람으로 되돌릴 방법은 있나요?"

"일단은 지금 하는 짓을 못 하게 해야지. 사람으로 되돌리는 방법은 아직 모르겠어. 나도 이 정도로 강력한 신성체는 처음이거든."

속 시원한 대답은 하나도 없었다. 하지만 그런 모습에 왠지 더 신뢰가 갔다. 믿으라고 하거나, 방법이 있다고 말했다면 믿지 못했을 것이다.

"결계를 흐트러뜨릴 방법은 있나요? 연화 분신체는 또 어떻게 차지해요?"

"이제 고민해 봐야지."

어처구니가 없어서 헛웃음이 나왔다.

"연화가 지닌 힘을 고려했을 때 사냥꾼들이 결계를 치고 끝낼 때까지 20, 30분쯤 걸릴 거야. 다른 사냥꾼들은 그들을 보호하면서 연화 할머니와 분신체를 지킬 거고."

김현이 종이에 그림을 그리며 설명했다.

"첫째로 저들을 혼란스럽게 만들고, 둘째로 분신체를 차지하고, 셋째로 할머니를 구하고, 넷째로 결계를 흐트러뜨려야 해. 그러면 결계에서 벗어난 연화가 사냥꾼들을 처치할 테고, 그때 내가 나서서 분신체를 이용해 연화를 잡을 거야. 그쯤 되면 연화 힘이 많이 빠진 상태라 잡기는 어렵지 않아."

고민해 봐야 한다더니 이미 작전을 세워둔 모양이었다.

"그럼 역할을 나눠야겠네요."

"분신체를 빼앗는 건 내가 할 거야. 한 명이 도와주면 좋겠는데……."

김현이 품에서 총을 꺼내서 깜짝 놀랐는데, 알고 보니 전기 총이었다.

"그 총으로 저들을 물리칠 수는 없나요?"

"몇 명은 몰래 쓰러뜨리겠지만, 일단 알아채면 진짜 총이 있어도 저들을 못 당해."

도대체 얼마나 강한 자들이기에 총으로도 못 이기는 걸까?

"제가 도울게요."

진서가 나섰다.

"할머니를 구하는 일은 제가 할게요."

권민지가 말했다.

"결계는 제가 제거할게요."

내가 말했다.

"결계를 흔드는 일을 혼자 하기는 힘들 거야. 남은 사람 중 한 명은

루미와 같이하고, 다른 한 명은 분위기를 혼란스럽게 만들면 좋겠어."

김현이 민혜와 수경이를 봤다. 둘은 입을 꾹 다문 채 어떤 선택도 하지 않았다.

"제가 할게요."

갑자기 소미가 나섰다.

"네가 왜 나서?"

내가 말렸다.

"분위기 흐트러뜨리는 데 나보다 잘할 사람, 여기 있어? 나 연기 잘해."

"안 돼. 넌 절대 안 돼!"

허락해서는 안 되는 일이었다.

"그럼 누가 하는데?"

소미가 나에게 대들었다.

수경이와 민혜는 나설 생각이 없었다. 머리가 복잡했다. 어떡해야 할지 결정을 내릴 수 없었다. 내 일이라면 망설이지 않고 결정하겠지만, 동생을 위험에 빠뜨릴 수는 없었다.

"실패해도 나를 뭐 어떻게 하겠어? 저들이 그 정도로 나쁜 사람은 아닐 거야."

"그건 맞아. 저들은 신성체를 잡아서 이용하려는 거지, 너처럼 어린 애를 다치게 하지는 않아. 이제까지는 그래 왔어."

"지금까지 그랬다고 해서 오늘도 그러리라는 법은 없잖아요. 더구나 연화는 새로운 신성체라서 저들이 엄청 탐낸다면서요."

"물론 확신할 수는 없지."

김현이 곤혹스러운 표정을 지었다.

"날 믿어, 언니."

소미는 이미 결심을 굳힌 듯했다. 소미 얼굴에서 엄마 고집이 보였다. 엄마도 한 번 결심하면 절대 굽히지 않는다. 방법이 없었다. 내가 물러서는 수밖에.

"그럼 내가 소미랑 같이 갈게. 저들은 아직 내 얼굴을 모르잖아. 너희들 얼굴은 다 알고. 그러니 내가 소미 언니 노릇을 하면 될 거야."

진서 의견이 괜찮아 보였다. 소미 혼자보다는 나을 듯했다.

"그럼 내가 진서 대신 아저씨를 도울게요."

민혜가 나서자 모두 수경이를 쳐다봤다.

"알았어! 내가 루미를 도우면 되잖아."

수경이가 미덥지는 않았지만 어쩔 수 없었다.

"자, 이제부터 작전 순서와 방법을 알려줄 테니 잘 기억해."

김현은 종이에 순서와 시간을 써가면서 각자가 할 일을 알려주었다. 관건은 소미와 진서였는데, 둘이 따로 가더니 한참을 쑥덕거리며 작전을 짰다. 김현은 나와 수경이에게 결계를 흐트러뜨리는 방법을 꼼꼼하게 설명했고, 우리 둘은 함께 손을 맞춰 몇 번이나 연습했다. 민혜는 김현과 함께 분신체를 장악해서 보관하는 방법을 연습했다.

"우리가 최대한 가까이 접근할 수 있는 거리는 200m쯤이야. 저기

집 뒤에 있는 쓰레기 산 뒤편 정도까지. 설명을 들었는지 모르지만 최
상급 사냥꾼들은 정상 상태에서라면 1km 밖에서 자신들을 주목하는
것도 알아채. 그러니 결계가 발동되고 최상급 사냥꾼들이 결계 강화
를 위해 힘쓰기 시작하면 그때 작전을 개시하자. 결계를 깨뜨릴 때는
오른쪽 뒤를 노려. 거기가 그나마 약한 사냥꾼이 있는 곳이니까. 나머
지 사냥꾼들은 우리가 접근하는 걸 쉽게 눈치채지 못할 테니 걱정하
지 말고. 집 뒤쪽이 쓰레기 더미라 몸을 숨기며 접근하기에도 유리해.
각자 역할을 충실히 하면 잘 될 거야."

김현이 가방에서 청록색 팔찌를 꺼내더니 우리에게 하나씩 주었다.

"이 팔찌를 손목에 차고 움직여. 최상급 사냥꾼들이 우리를 알아채
지 못하게 막아주는 팔찌야."

꽤 무거운 거 말고는 딱히 특별한 점이 없는 팔찌였다. 내 손목에는
너무 커서 팔뚝까지 올리려는데, 갑자기 팔찌가 손목 굵기에 맞게 저
절로 줄어들었다.

"이거 받아."

김현이 'ㄷ' 자로 생긴 손잡이를 내밀었다. 가게 유리문에 달린 손
잡이 같은 모양이었다. 두 손을 넣으면 잡기에 알맞을 것 같았다.

"이걸 청동상에 대면 자석처럼 달라붙을 거야. 위아래로 붙이고 힘
껏 잡아당겨. 결계가 작동하려면 컨테이너에 구멍을 뚫어놓아야 하는
데, 그 구멍이 보일 때까지만 당기면 돼. 그러면 결계가 흐트러지고 그
구멍으로 연화가 빠져나올 거야."

들어보니 묵직했다. 나와 수경이가 하나씩 들었다.

소미는 마치 소풍이라도 가는 아이처럼 발랄하게 돌아다녔다. 괜히 긴장감을 불어넣어 봐야 도움이 되지 않을 것 같아서 그냥 내버려두었다.

"준비해."

멀리서 사냥꾼들이 분주하게 움직이는 모습이 보였다. 김현은 망원경으로 자세히 살피더니 차에서 큰 가방을 꺼내서 등에 멨다.

"이제 가자."

김현이 앞장서서 걸었다. 우리는 그 뒤를 따랐다. 두통을 일으키는 불쾌한 악취가 났지만 아무도 내색하지 않았다. 큰 쓰레기 더미 뒤에서 일단 멈췄다. 김현은 상자에서 청동구슬 세 개를 손에 올려놓고는 빙글빙글 돌렸다. 모두 말없이 구슬이 돌아가는 모습에 집중했다. 손바닥 위에서 돌던 구슬에서 작은 불꽃이 튀었다.

"결계가 발동되었어."

불꽃이 튀는 횟수가 점점 늘어나더니 구슬이 두둥실 떠올랐다. 곧 푸른빛을 발산하며 맹렬하게 타올랐다.

"각자 자기 역할만 잘하면 돼."

김현은 긴장을 풀어주려는 듯 환하게 웃었다. 그러고는 무릎을 굽히고 소미와 눈을 맞췄다.

"우리 선봉장! 즐겁게 놀 듯이 해요."

"선봉장이 뭐예요?"

소미가 물었다.

"용감하게 앞장서는 사람이지."

김현이 친절하게 설명했다. 좋은 사람 같았다.

"히히, 제가 용감하게 해치울게요."

소미가 맑게 말했다.

"언니, 우리 가요."

소미가 진서 손을 잡았다. 소미와 진서는 쓰레기 더미를 벗어나 연화네 집으로 걸어갔다. 시간을 두고 김현과 민혜가 움직였고, 뒤이어 권민지와 함께 나와 수경이가 출발했다. 집 뒤로 조심스럽게 다가갔다. 낡은 담벼락을 지나 쓰레기가 수북한 뒷마당으로 들어섰다. 소미가 엉엉 우는 소리가 뒷마당까지 크게 들렸다. 진서는 소미를 달래기도 하고 야단도 쳤지만, 소미는 막무가내로 투정을 부리며 울어댔다. 소미 울음 사이로 낯선 목소리들이 섞여 들렸는데, 어찌할 바를 모르는 기색이 역력했다.

김현이 전기 총을 들었다. 권민지도 똑같은 총을 빼 들었다. 둘은 눈을 마주치더니 왼편으로 돌아나갔다. 민혜가 김현을 따라갔다. 나와 수경이는 오른편으로 돌았다. 소리 내지 않으려고 애썼지만, 발을 내디딜 때마다 쓰레기가 밟혀서 조용히 가기가 힘들었다. 어렵게 집 뒤를 돌아서 반쯤 쓰러진 창고 뒤로 숨었다.

컨테이너 뒤편에서 뻗어 나온 청록색 수도관은 집 안과 마당 귀퉁이로 뻗어 있었다. 집 안으로 난 청동관 끝에는 연화 할머니가 있을 것이다. 마당 귀퉁이로 뻗은 수도관은 탁자 위에 놓인 작은 상자를 코일처럼 휘감은 상태였다. 작은 상자 안에는 어제 병원에서 붙잡은 연화 분신체가 들어 있을 터였다.

소미는 더 크게 울었고, 진서는 짜증을 냈고, 사냥꾼들은 여럿이 몰려들어 소미를 진정시키려 애썼다. 집 반대편에 김현과 권민지가 나타났다. 나는 김현과 눈길을 주고받았다. 김현은 전기 총으로 두 사냥꾼을 쓰러뜨린 후 연화 분신체가 담긴 작은 상자를 차지해야 하고, 권민지는 집 안으로 들어가 할머니를 보호해야 한다. 우리는 동시에 움직였다.

수경이와 나란히 트럭 뒤편으로 접근했다. 컨테이너 안에서 강한 충돌음이 들렸다. 연화가 몸부림치며 컨테이너에 충돌하는 소리였다. 사냥꾼은 두 손을 앞으로 쭉 뻗어 트럭 귀퉁이에 설치된 청동상을 붙잡은 채 동상처럼 움직이지 않았다. 소미에게 여러 사냥꾼이 몰리면서 결계를 만드는 사냥꾼 주변은 아무도 지키지 않았다. 나는 머뭇거리지 않고 결계를 만드는 청동상 아래쪽에 손잡이를 붙였다. 사냥꾼이 나를 봤다. 눈이 마주쳤다. 눈에서 시퍼런 기운이 뿜어져 나왔다. 눈 주변에 땀이 흥건했다. 사냥꾼은 김현이 예상한 대로 전혀 움직이지 못했다. 수경이가 손잡이를 청동상 위에 붙였다. 권민지가 집 안으로 들어갔다. 김현은 사냥꾼을 쓰러뜨렸고, 민혜가 작은 상자를 집어들더니 김현에게 넘기려고 했다. 그때 소미에게 정신이 팔렸던 사냥꾼들이 김현을 발견했다. 기회는 단 한 순간뿐이었다.

"수경아, 당겨!"

나는 있는 힘껏 손잡이를 당겼다. 젖 먹던 힘까지 쥐어짰다. 결계를 이루던 청동상 아랫부분이 흔들리며 내 쪽으로 끌려왔다. 컨테이너에서 엄청난 소음이 들렸다. 청동상이 기울어지면서 결계가 약해지자 연화가 더욱 거세게 요동쳤다.

"수경아, 안 당기고 뭐 해!"

나는 더 힘껏 당겼고, 구멍이 살짝 드러났다. 그곳으로 검은 물질이 밀려 나왔다. 연화였다. 연화가 결계에서 빠져나오려는 순간이었다.

퍽!

옆구리에 강한 충격이 가해졌다. 나는 바닥으로 나뒹굴었다.

'이게 대체 어찌 된 일이지? 우리 옆에는 아무도 없었는데?'

쓰러진 채 청동상을 보니 다시 제자리로 돌아가고 있었다. 아픔을 참고 다시 일어나 손잡이를 잡으려는데 또다시 강한 발길질이 나를 강타했다.

"윽!"

나는 바닥으로 나뒹굴었다.

"수경이, 네가…… 왜?"

수경이가 우리를 배신했다.

사냥꾼들은 삽시간에 김현과 민혜를 붙잡더니, 집 안으로 달려 들어가 권민지까지 잡았다. 사냥꾼들은 우리를 마당 가운데로 모이게 해서 무릎을 꿇렸다.

"어떻게 네가 배신을 해? 미쳤어?"

"전혀! 안 미쳤어. 저 괴물을 이 아저씨가 잡아서 어쩔 건데? 이 사람들이 잡아가면 나는 더는 저 괴물 때문에 두려워하지 않아도 돼. 어떻게 될지도 모르는 이 아저씨를 믿느니 저 사람들에게 괴물을 넘기는 게 나아."

수경이가 표독스럽게 말했다.

주변을 지키는 사냥꾼들만 아니면 수경이를 있는 힘껏 패주고 싶었다. 컨테이너에서 들리는 소리는 점점 줄어들었다. 나는 소미를 꼭 안은 채 무기력하게 그 모습을 지켜보았다. 컨테이너에서 더는 소리가 들리지 않았다. 컨테이너가 청록색으로 은은하게 빛났다.

"끝이야!"

김현이 탄식했다.

나도 알았다. 연화는 이제 저들에게 완전히 붙잡혔다. 최상급 사냥꾼들이 천천히 몸을 움직이기 시작했다. 포획이 마무리 단계에 진입했다는 증거였다. 연화는 사냥꾼 수중에 들어가서 모든 힘을 빼앗기고 흔적도 없이 사라질 것이다. 수경이를 끌어들이는 게 아니었다. 민혜는 몰라도 수경이는 절대 이 일에 끌어들이는 게 아니었다. 내 실수였다. 작은 실수가 일을 그르쳤다. 후회와 억울함과 분노가 치밀었다. 그리고 슬펐다. 연화를 꼭 돕고 싶었는데, 돕기는커녕 돌이키지 못할 해를 끼쳤으니……

"연화야……!"

가래 끓는 목소리였다.

"우리 연화가 왔어."

연화 할머니가 기어서 나왔다.

"연화야, 어디 있니?"

연화 할머니는 열린 창문에 위험하게 몸을 기댔다. 저러다 마당으로 넘어질 것 같았다.

"할머니! 조심하세요."

내가 소리쳤다.

"저 할머니, 빨리 잡아!"

사냥꾼이 소리쳤다.

"연화야, 할미 여깄다."

할머니 몸이 휘청하더니 마당으로 쓰러졌다.

사냥꾼 한 명이 재빨리 다가갔지만 마당으로 넘어지는 할머니를 잡지는 못했다. 할머니는 바닥으로 나뒹굴었다. 할머니를 살피러 가고 싶었지만, 사냥꾼들이 우리를 꼼짝 못 하게 막고 있었다.

그때였다.

쿵!

컨테이너에서 강한 충돌음이 들렸다. 컨테이너를 감싼 청록색 빛이 요동을 쳤다. 살짝 몸을 움직이며 결계를 마무리하려던 사냥꾼들이 다시 청동상을 꽉 붙잡았다.

쿠쿠쿵!

쿠쿠쿠~쿵!

충돌음이 더 거세졌다. 청록색은 완전히 사라졌고, 결계를 치고 있는 사냥꾼들도 컨테이너와 함께 흔들렸다.

"할머니가 숨을 쉬지 않습니다!"

쓰러진 할머니에게 다가간 사냥꾼이 다급하게 말했다.

"빨리 심폐소생술 하지 않고 뭐 해요?"

내가 소리를 질렀다.

"할머니를 죽게 내버려 둘 셈이야?"

김현이 고함을 쳤다.

사냥꾼 두 명이 할머니를 안아서 마루에 누였다. 할머니가 무사하길 빌었지만 내가 할 수 있는 일은 없었다.

이제 컨테이너는 마치 지진이라도 난 듯이 흔들렸다. 네 귀퉁이에선 사냥꾼들도 마구 흔들렸다. 우리를 둘러싼 사냥꾼들은 일제히 품에서 청록색 칼을 빼 들었다. 엄청난 긴장감이 흘렀다. 갑자기 폭풍처럼 몰아치던 소음이 사라졌다. 잠시 쥐 죽은 듯한 침묵이 이어지더니, 컨테이너에 다시 청록색이 돌았다. 할머니가 위험해지자 연화가 마지막 힘을 쏟아냈지만, 결계를 깨뜨리기에는 역부족인 모양이었다. 마지막 희망이 사라져 버렸다.

정신을 차려보니 품이 허전했다. 조금 전까지 내 품에 있던 소미가 없었다. 걱정스럽게 주위를 둘러보니 우리를 둘러싼 사냥꾼 뒤쪽에서 움직이는 소미가 보였다. 우리를 잡으려고 사냥꾼들이 모두 모여들었기 때문에 작은 상자를 지키는 사냥꾼은 아무도 없었다. 소미는 작은 상자를 챙기더니 슬금슬금 뒤로 빠져나갔다.

'제가 도대체 뭘 하려고?'

소미는 집 뒤로 사라지더니 보이지 않았다. 소미가 빠져나가서 다행이다 싶으면서도 무슨 일을 벌일지 몰라 걱정스러웠다. 컨테이너를 감싼 청록색이 주변을 물들일 만큼 진해졌다. 결계를 지키던 사냥꾼들이 다 같이 왼손을 뗐다. 잠시 숨을 고르던 그들은 왼손으로 오른손 팔목을 잡았다. 바로 그때였다.

썩은 물이 흐르는 개울에서 강한 회오리가 일어났다. 검은 물이 소용돌이치더니 주변에 널린 쓰레기들을 회오리로 빨아들였다. 회오리는 컨테이너로 돌진했다. 회오리는 컨테이너를 뒤흔들고는 뒤로 조금 물러났다가 결계를 지키는 상급 사냥꾼을 공격했다. 쓰레기와 검은 물이 상급 사냥꾼을 난타했다. 상급 사냥꾼은 쓰러졌고, 그와 함께 결계를 이루던 청동상이 옆으로 움직였다. 작은 구멍이 드러나자 거기로 검은 물질이 조금씩 빠져나왔다. 분신체와 본체가 합쳐졌다. 회오리가 거세지면서 주변에 있던 쓰레기들을 더 빠르게 빨아들였다.

"공격 대형으로!"

우리를 지키던 사냥꾼들이 일제히 하늘로 뛰어올랐다. 내 키보다 두세 배나 높은 곳까지 떠오르더니 회오리를 향해 일제히 날아갔다. 그들은 손에 쥔 청동검을 휘둘렀고, 청록색 기운이 회오리와 충돌했다. 몇몇 사냥꾼들이 결계를 치다가 쓰러진 상급 사냥꾼을 도왔다. 상급 사냥꾼이 몸을 일으키고는 청동상을 다시 잡았다. 청동상은 부르르 떨면서 원래 자리로 돌아갔다. 그 바람에 밖으로 빠져나오던 본체가 끊어지고 말았다. 그러나 이미 밖으로 나온 본체도 꽤 되었기 때문에 회오리는 맹렬하게 회전하며 사냥꾼들과 충돌했다. 사냥꾼들이 쏟아낸 청록색 기운과 연화가 일으킨 회오리가 충돌할 때마다 쓰레기들이 사방으로 튀었다. 위험한 물건들이 우리가 있는 곳까지 날아왔다. 우리를 지키던 사냥꾼들까지 싸움에 뛰어들면서 우리는 도망칠 기회를 얻었다.

"애들아, 도망치자!"

김현을 따라서 모두 집 뒤로 도망쳤다. 나도 뒤따르다가 연화 할머니가 걱정되어 멈춰 섰다. 연화 할머니는 마루에 반듯하게 누운 채 꼼짝하지 않았다. 할머니 목에 손을 댔다. 맥박이 없었다. 코에 손을 댔다. 숨을 쉬지 않았다. 눈물이 핑 돌았다. 속이 부글부글 끓었다. 누가 어깨를 만졌다. 몸을 젖혀 피했다.

"나야."

권민지였다.

권민지는 할머니를 자세히 살피더니 내 어깨를 토닥였다.

"돌아가셨어."

슬픔이 어깨로 전해졌다.

"여기 있으면 위험해. 이제 피해야 해."

권민지가 나를 잡아끌었다.

격렬하던 싸움은 급격하게 사냥꾼 쪽으로 기세가 기울었다. 사냥꾼들은 일사불란하게 움직이며 기운을 쏟아냈고, 회오리는 강력한 청록색에 갇혀 점점 힘을 잃었다. 돕고 싶었지만 내게는 그럴 만한 힘이 없었다. 소미가 쓰레기 더미 뒤에 숨어 있다가 나를 맞았다.

"언니! 내가 상자를 열어서 개울물에 넣었어."

소미가 해맑게 말했다.

"잘했어."

소미 어깨를 꼭 감쌌다.

"싸움은 어때?"

진서가 내게 물었다.

"분신체만으로는 힘들어."

김현이 씁쓸하게 말했다.

"외삼촌 말대로야. 거의 제압당했어."

권민지가 말했다.

"빨리 피하자. 연화를 완전히 제압하면 저들은 다시 우리를 잡으려고 할 거야."

권민지가 서둘러 자리를 떴다. 나는 소미 손을 잡고 바로 뒤따랐다. 정신없이 도망치는데 소미가 소리를 질렀다.

"어, 저게 뭐야?"

다들 멈춰 서서 소미가 손가락으로 가리키는 곳을 보았다. 북쪽 하늘에서 황금빛이 빠르게 번졌다. 소각장에서 불이 났을 때 보았던 바로 그 빛이었다. 정확히는 연화가 불길에 갇혀 힘을 잃어갈 때 일어났던 현상이었다.

'설마, 이번에도 같은 일이 일어날까?'

예상은 빗나가지 않았다. 황금빛 아래로 먹구름이 피어났다. 먹구름은 점점 진해지고 넓어지더니, 어느 순간 엄청난 속도로 남쪽으로 내려왔다.

"돌아가요. 상황이 바뀔 거예요."

내가 말했다.

"무슨 소리야?"

권민지가 물었다.

"이제 곧 비가 쏟아질 거예요. 비가 오면 연화가 지닌 힘이 엄청나게 커져요. 소각장에 불이 났을 때도 이랬어요."

"맞아요. 그때 저도 봤어요."

진서가 동의하고 나섰다.

"좋아! 혹시라도 상황이 바뀌지 않으면 위험하니 나와 민지만 갈게. 너희는 빨리 여길 벗어나."

김현이 말했다.

"아니요, 저는 가야 해요."

내가 말했다.

"나도 갈래."

"소미 너는 그냥 가."

나는 소미 등을 떠밀었다.

"진서야, 소미 좀 데리고 가줘."

셋 중에 믿을 사람은 진서뿐이었다.

"알았어. 걱정 마."

진서가 소미 손을 꽉 잡았다.

나는 김현, 권민지와 함께 연화를 향해 뛰었다. 먹구름이 하늘을 시커멓게 뒤덮었다. 굵은 빗방울이 떨어지더니 곧 양동이로 물을 쏟아붓듯이 퍼부었다. 집 뒤에 도착해서 처마 밑에 몸을 숨겼다. 바닥은 벌써 빗물이 흘러넘쳤다. 마당 쪽에서 무슨 소리가 날카롭게 들리더니 바닥에 흥건하던 빗물이 마당 쪽으로 빨려 들어갔다. 부서지고 깨지는 소리가 들렸다. 더는 소리에만 의존한 채 상황을 어림하기 싫었다. 마당이 보이는 곳까지 다가갔다.

"맙소사!"

엄청난 회오리였다. 더는 회오리라고 부를 수 없는 높이였다. 구름까지 치솟은 회오리, 용오름이었다. 일반 사냥꾼들은 모두 바닥에 나뒹굴었다. 마지막까지 버티던 최상급 사냥꾼과 상급 사냥꾼들을 용오름이 들이받았다. 결계를 이루던 청동상이 깨졌고, 컨테이너가 흔들렸다.

"아아아악!"

고통스러운 괴성이 울리며 검은 물질이 컨테이너에서 뿜어져 나오더니 용오름과 뒤섞였다. 용오름은 점점 검은빛을 띠었고, 더 크고 강력해졌다. 바닥에 쓰러진 사냥꾼들이 용오름으로 빨려 들어갔다. 비는 공중에서 용오름에 흡수되었고, 그럴수록 용오름은 무서울 정도로 강력해졌다. 낡은 집이 흔들렸다. 그대로 가다가는 집마저 용오름에 휩쓸려 사라질 듯했다.

"크으으으, 가~~만~~두~지~~~않~~을~~거~~야~~~."

연화가 내지르는 절규였다. 고통이 고름이 되어 흘러내리는 듯했다.

용오름이 맹렬하게 회전하더니 컨테이너마저 집어삼켰다.

"움직인다!"

새롭게 난 길을 따라 용오름이 이동했다. 우리는 마당으로 나왔다. 마당은 깨끗했다. 용오름이 모든 걸 쓸어 갔기 때문이다. 굵은 빗방울이 떨어지는 소리에 귀가 멍할 지경이었다.

용오름은 소각장으로 가더니 그곳에 쌓인 쓰레기를 빨아들였고, 소용돌이는 점점 거대해졌다. 모든 쓰레기를 빨아들인 용오름은 옆으로 이동하며 다른 쓰레기 산들마저 집어삼켰다. 점점 빠르게 회전하며 주위에 널린 쓰레기를 모조리 빨아들인 용오름은 지름만 수백 미터에 달할 만큼 거대한 쓰레기 폭풍으로 커졌다.

"언니!"

소미가 진서와 함께 나타났다. 그 뒤에 민혜와 수경이도 있었다. 나는 소미 손을 꼭 잡았다.

"남쪽으로 이동하고 있어. 아무래도 도심지로 가려나 봐."

진서 말이 맞았다. 사냥꾼과 샘터에 널린 엄청난 쓰레기를 빨아들인 용오름은, 아니 연화는 지나는 곳에 있는 모든 걸 초토화하며, 우리가 사는 도시를 향해 움직였다. 저대로 도시에 들이닥치면 어떻게 될까? 상상조차 하기 싫은 재앙이 펼쳐질 것이다. 문득 어제 병원 입구에서 어떤 여자애가 했던 말이 떠올랐다. 부서지고 깨지고 아우성치고 울부짖는 소리가 들린다고 했다. 오늘 일어날 일을 예언한 것이었을까?

화염과 폭풍 속으로

09

김현은 할머니 시신을 수습하겠다면서 빨리 우리 먼저 빠져나가라
고 했다. 우리는 권민지를 따라 차를 세워둔 곳으로 갔다. 어디선지 소
미가 우산을 가져왔다. 제법 큰 우산이라서 진서와 같이 쓰라고 했는
데, 수경이가 우겨서 혼자 우산을 차지했다. 자기 때문에 계획이 흐트
러지고 사태가 이 지경이 되었는데도, 여전히 아무런 반성 없이 제 욕
심만 차리는 수경이가 꼴 보기 싫었다. 차에 도착해서 살펴보니 용오
름은 크기도 높이도 상상을 초월할 만큼 거대해져 있었다. 차 좌석이
3열이어서 나와 소미가 맨 뒷좌석에, 진서와 수경이가 가운데, 민혜가
운전석 옆에 앉았다. 차가 움직이자 진서가 수경이에게 한마디 했다.

"너 때문에 이 꼴이 났는데, 사과 한마디는 해야 하지 않아?"

"연화가 그들에게 잡혔으면 이런 일도 없었어."

수경이는 물러서지 않고 맞섰다.

"루미를 발로 차고, 우리를 배신해 놓고 뻔뻔스럽게."

여느 때 진서가 아니었다.

"저 거대한 토네이도를 보고도 배신이라는 말이 나와?"

그러면서 수경이가 힐끔 소미를 봤다.

"쟤가 그렇게만 안 했어도 이런 엄청난 사태는 안 일어났어."

어차피 말이 통하지 않고 이미 벌어진 일이라 그냥 덮으려고 했는데, 소미를 걸고 넘어가니 그대로 놔둘 수가 없었다.

"배신도 모자라 이제 어린 소미에게 책임을 미루는 거야?"

나보다 먼저 진서가 매섭게 쏘아붙였다.

"미루긴 누가 미뤄! 애초부터 잘못된 계획이었어."

"용서를 빌어도 모자랄 판에."

"내가 무슨 잘못을 했다고 용서를 빌어?"

"루미를 찼잖아. 최소한 그건 미안하다고 해야 하지 않아?"

"그 수밖에 없었어."

"그럼 나도 방법이 없으면 너를 때려도 되는 거지?"

"야!"

"뭐!"

잠시 정적이 흘렀다.

"네가 연화를 괴롭히지만 않았어도 이런 일은 없었어."

"저도 같이 했으면서 착한 척은."

"맞아! 나도 너랑 같이 했어."

내가 알던 진서가 아니었다. 완전히 다른 사람이었다.

"그래서 어떻게든 잘못을 만회하려고 노력하는 거야. 남을 괴롭히고 친구를 배신했으면서도 뻔뻔하게 구는 너랑은 달라."

"그래서 뭐가 달라지는데? 내가 용서를 빌면 저 괴물이 만드는 쓰레기 토네이도가 사라지기라도 해?"

"누가 사라진대? 잘못했으면 사과해야지. 아니, 사과는 아니더라도 최소한 미안한 척이라도 하라고. 그게 그렇게 어려워?"

"내 선택이 옳았는데 왜 사과해? 저 쓰레기 토네이도가 증명하잖아."

수경이는 절대 굽히지 않았다.

"진서야 그만해."

내가 진서를 말렸다.

"너랑은 절교야!"

진서가 차갑게 말하며 몸을 틀었다.

둘이 그렇게 싸우고 깨지기를 바라진 않았다. 수경이와 멀어지더라도 저렇게 깨지게 두고 싶지는 않았다. 그러나 지금은 그런 일까지 마음 쓸 여유가 없었다. 창밖으로 점점 커지고 강해지는 용오름에 온마음이 쏠렸다.

도로가 보이지 않을 만큼 비가 굵어졌다. 산마루에 올라선 용오름은 더욱 맹렬하게 휘몰아쳤다. 크기는 가늠이 안 될 만큼 커졌고, 바람은 갈수록 거세졌다. 검은 구름에 빛이 사라지고, 굵은 비가 모든 소리를 집어삼키며, 강한 폭풍이 지상에 놓인 모든 것들을 파괴하고 빨아들였다. 인간이 어찌할 수 없는 공포였다. 이제 밝은 세계는 사라지고, 어둠과 파괴가 온 세상을 뒤덮을 것이다. 연화는 꽃이 아니라 재앙이 되었다. 황련이 말했던 끔찍한 사태가 현실이 되고 말았다.

차는 고갯마루에 올라섰다. 산마루를 넘은 용오름이 산을 타고 내려갔다. 길과 나란히 움직이던 용오름이 갑자기 길 쪽으로 방향을 틀었다. 권민지는 차를 더 빠르게 몰았다. 자동차는 용오름을 앞질러서 내려갔다. 용오름은 길옆에 늘어선 카페와 식당 건물을 닥치는 대로 부쉈다. 식당과 카페 건물 안에 사람은 없는 것 같았다. 주차된 차도 보이지 않았다. 거대한 용오름이 다가오는 걸 보고 다들 피한 모양이었다. 천만다행이었다. 차는 빠르게 내려갔다.

"잠깐만요! 차 좀 세워요!"

내가 잘못 본 것이길 빌었다.

"왜 그래?"

권민지가 급브레이크를 밟았다. 빗길에 살짝 미끄러졌지만 차는 안전하게 멈춰 섰다.

"사람을 봤어요."

"차가 한 대도 없었어. 사람들도 다 빠져나갔을 거야."

"그럼 다행이지만…… 확인해 봐야겠어요."

나는 자리에서 일어났다.

"너, 미쳤어? 여기서 빨리 도망쳐야지 뭐 하는 짓이야?"

수경이가 버럭 소리를 질렀다.

나는 수경이를 무시하고, 차 가운데 자리로 건너가서 문을 열었다. 비가 무섭게 쏟아졌다.

"언니, 우산!"

소미가 우산을 건넸다. 용오름이 휘몰아치며 내는 소리가 무섭게 울렸다.

"나랑 같이 가자."

권민지가 차에서 내려 내 옆으로 왔다. 권민지와 나는 우산을 같이 쓰고 뛰어서 길을 거슬러 올라갔다.

"어디서 봤다는 거야?"

"저기, 저 카페 쪽이었어요."

용오름이 뱉어내는 굉음은 점점 커졌고, 뿌연 안개가 시야를 가렸다. 용오름은 점점 가까이 다가왔다.

"서둘러야 해. 잘못하면 휘말릴 거야."

재빨리 뛰어서 카페로 갔다.

"아무도 없잖아."

권민지는 빠르게 주변을 살폈다.

"아니요, 착각이 아니었어요."

나는 조금 더 옆으로 갔다.

"저기요! 저기 있잖아요."

키 작은 나무 뒤였다. 30대 초반으로 보이는 여자가 신음을 내뱉으며 쓰러져 있었다. 빗물을 타고 피가 흘렀다. 나와 권민지가 양쪽에서 부축해 일으켰다. 힘들게 도로로 나왔다. 용오름이 뿜어낸 수증기가 회전하며 얼굴을 때려서 눈을 뜨기 힘들었다. 여자를 부축하고 도로를 내려오는데 진서가 뛰어왔다. 진서까지 도우니 걷기가 훨씬 수월했다.

"아기……."

여자가 입을 움직였다. 잘 들리지 않았다.

"네? 왜 그러세요?"

귀를 그 여자 입에 가까이 댔다.

"아기가, 아기가 2층에 있어……요. 우리 아기가……."

"뭐라고 하셔?"

진서가 물었다.

"아기가 2층에 있대!"

나는 카페를 봤다. 용오름이 곧 카페를 집어삼킬 듯했다.

"진서야, 부탁해!"

나는 그대로 몸을 틀었다.

"위험해!"

진서가 말렸다.

"가지 마! 늦었어."

권민지도 말렸다.

나는 들은 척도 하지 않고 뛰었다.

"언니!"

"언니~!"

소미가 애타게 부르는 소리가 빗물을 뚫고 들렸다.

"가지 마!"

멈칫했다. 뒤를 돌아봤다. 소미는 보이지 않았다. 차 뒷모습만 흐릿하게 흔들렸다.

"언니, 가지 마!"

환청이었다.

＊　　＊　　＊

네 번째 사람을 내려놓았다. 연기를 마셨는지 정신을 잃었다. 산소마스크를 댔다. 잠시 후 눈을 뜨고 몸을 움직였다.

"괜찮으세요?"

그 사람은 발버둥 치더니 손으로 산소마스크를 벗으려고 했다.

"안 됩니다. 조금 더……."

말렸지만 그 사람은 거칠게 산소마스크를 벗었다.

"친……구."

한국말이 서툴렀다. 외국인노동자였다. 말이 뜻대로 안 나오는지 손을 휘휘 저었다.

"친구, 저……기…….”

그 사람이 가리키는 손끝을 따라갔다.

"저기…….”

그 사람은 말을 다 마치지 못하고 다시 정신을 잃었다. 동료 소방관
이 와서 산소마스크를 다시 씌웠다. 몸을 일으켰다. 검붉은 연기가 악
마처럼 혀를 날름거렸다.

"여보! 가지 마!"

"아빠! 가지 마세요!"

환청이 들렸다.

＊　　＊　　＊

한 손에 우산을 들고 달렸다. 빗물이 따가웠다. 안개가 휘몰아쳤다.
바람이 거셌고, 굉음이 고막을 때렸다. 카페는 2층인데 외부 벽 쪽에
계단이 있었다. 계단을 타고 올라갔다. 거센 바람이 건물을 흔들었다.
몸도 같이 흔들렸다. 계단을 오르니 문이 열린 채 바람이 불 때마다 난
간을 때렸다. 여자는 밖을 살피러 나왔다가 난간 아래로 떨어진 모양
이었다. 바로 건물 안으로 들어갔다. 거실에는 아무도 없었다. 유리창
이 와장창 깨지며 바람과 물과 쓰레기가 그대로 거실로 들이쳤다. 거
실 옆에 딸린 방문을 열었다. 아무도 없었다. 화장실 옆에 자리한 방으

로 갔다. 방문 손잡이를 잡는데 건물이 흔들렸다. 지진이라도 난 듯이 요동쳤다. 방문을 열었다. 작은 침대 위에 아기가 보였다. 아기는 세상 모르고 잠들어 있었다. 침대보와 함께 아기를 껴안았다. 깨지고 부서지고 부딪치는 소리가 귀청을 때렸다. 건물은 더 심하게 흔들렸다. 잠시도 머뭇거릴 틈이 없었다. 아기를 안고 그대로 거실을 통과했다. 품에 꼭 안고, 쓰레기 폭풍에 아기가 다치지 않도록 보호했다. 문을 열고 나가는데 바람에 몸을 가누기가 힘들었다.

*　　*　　*

짙은 연기에 아무것도 보이지 않았다. 보호복을 입었지만 열기가 고스란히 느껴졌다. 계단을 타고 올라가서 긴 복도를 따라 뛰었다. 천장이 붉은 연기로 가득했다. 아직 열어보지 못한 방은 하나밖에 없었다. 곧바로 그 방으로 갔다. 문에서 열기가 느껴졌다. 문을 열었다. 잘 열리지 않았다. 도끼를 꺼내서 문을 부쉈다. 매캐한 연기가 가득했다. 사람이 없는 줄 알고 몸을 돌리려는데 이상한 느낌이 들었다. 불붙은 침대 뒤가 의심스러웠다. 재빨리 다가갔다. 침대보가 동그랗게 말려 있었다. 얼른 걷어냈다. 한 남자가 몸을 동그랗게 만 채 정신을 잃고 쓰러져 있었다. 남자를 안아 들고 복도를 뛰었다. 그때 굉음이 울렸다. 건물이 흔들렸다.

* * *

힘들게 계단을 내려왔다. 건물이 요동치며 부서졌다. 용오름이 바로 옆까지 왔다. 용오름은 괴물처럼 카페 건물을 집어삼켰다. 괴물이 난간을 먹어 치우기 직전에 밑으로 뛰어내렸다. 공중에서 몸이 바람에 휩쓸리며 휘청댔다. 몸은 포물선을 그리며 옆으로 날아갔다. 다행히 작은 나무들에 부딪히며 떨어진 덕분에 충격이 강하지는 않았다. 비가 아기와 나를 때렸다. 아기를 안고 앞으로 걸었다. 한 걸음을 내딛기도 힘들었다. 온 힘을 쥐어짜서 카페 근처를 벗어나 도로로 나왔다. 거대한 폭발음이 들리며 귀가 멍해졌다. 아무 소리도 들리지 않았다. 더는 버티기 힘들었다. 몸이 점점 뒤로 빨려들었다. 아기에게 씌워주려고 들었던 우산을 버렸다. 빨아들이는 힘 때문에 두 걸음 앞으로 걸으면 한 걸음은 다시 뒤로 밀렸다. 몸을 가누기가 불가능했다. 모든 힘을 쥐어짰지만 내가 이겨낼 수 없는 힘이었다. 검은 연기가 뿌옇게 일었다.

* * *

건물이 무너져 내렸다. 공장 옆에 딸린 외국인노동자 숙소라고 허술하게 지은 모양이었다. 이 정도 화재에 무너질 줄은 상상하지도 못했다. 천장이 가라앉고, 바닥이 꺼지고, 벽이 무너져 내렸다. 몸이 휘청거리며 그대로 밑으로 떨어졌다. 위로 불덩이가 쏟아져 내렸다. 소미 얼굴이 떠올랐다. 그 귀여운 웃음소리가 들렸다.

*　　*　　*

몸이 점점 뒤로 끌려갔다. 이대로 끝나는 걸까? 검은빛이 시야를 가득 채웠다. 소리가 사라진 어둠이 나를 집어삼켰다. 발이 땅에서 떨어졌다. 아기를 꼭 껴안았다. 쓰레기가 몸을 때렸다. 몸을 웅크려 아기를 보호했다. 몸이 옆으로 돌았다. 이대로 용오름에 휘말려 부서질 운명이었나 보다. 아빠가 생각났다. 아빠는 추락하면서도 구조하려던 남자를 손에서 놓지 않았다고 한다. 아기를 더 꼭 껴안았다.

'너는 구하고 싶었는데. 미안해……'

내 의지로는 아무것도 움직일 수 없었다. 몸은 소용돌이를 타고 무섭게 돌았다. 정신이 점점 희미해졌다. 모든 감각이 점점 무뎌졌다.

*　　*　　*

고요함 안에서 정신이 들었다. 눈을 떴다. 사방은 온통 검은빛인데, 하늘에서 황금빛이 내려와 주변을 인식하게 해주었다. 촉감이 돌아왔다. 품에 안긴 아기를 확인했다. 아기가 눈을 뜨고 나를 보며 방긋 웃었다. 나도 얇게 웃었다. 까만 눈동자에 내 웃음이 비쳤다. 다리가 허

전했다. 허공이었다. 까마득한 아래에 땅이 보였다.

위에서 어떤 움직임이 느껴졌다. 활짝 펴진 우산, 소미가 챙겨준 그 우산이었다. 우산은 황금빛을 받으며 느릿하게 아래로 내려왔다. 우산이 머리 바로 위에서 빙글빙글 돌았다.

'저 우산은?'

그제야 나는 지난 목요일에 내가 연화에게 사준 우산이라는 걸 알아챘다.

"왜?"

우산 위에서 목소리가 울렸다.

"왜 그런 거야?"

연화였다.

"왜 목숨을 걸어?"

부드럽고 맑았다.

"네 가족도 아닌데, 왜 목숨을 걸고 구하려고 했어?"

나에게는 오랫동안 풀리지 않는 의문이 있었다. 아빠는 왜 목숨을 버리면서까지 다른 사람 목숨을 구하려고 했을까? 뻔히 위험한 줄 알면서도 왜 불 속으로 다시 뛰어들었을까? 엄마와 나와 소미를 두고, 사랑하는 가족을 두고 왜 다른 사람 목숨을 구하기 위해 자신을 내던졌을까? 아빠가 그리울 때마다 이 질문이 함께 떠올라 괴로웠다.

"목숨을 구하는 데 이유는 없어."

생각지도 않은 말이 나왔다.

"사람이 위험에 처했으면 구해야지."

"두렵지 않았어?"

"구해야겠다는 간절함 외에는 아무 생각이 없었어."

우산이 두둥실 떠올라 황금빛 속에서 빛났다.

"이 우산을 줄 때도 그런 마음이었니?"

우산이 바람에 흩날리는 꽃잎 같았다.

"네 외로움이 느껴져서 가슴이 아팠어. 도움이 될지 모르겠지만 그
래도 손을 내밀고 싶었어."

나는 담담하게 말했다.

"손을 내밀어볼래?"

연화가 말했다.

나는 왼손으로 아기를 꼭 안은 채 오른손을 앞으로 살짝 내밀었다.
황금빛이 손으로 쏟아졌다. 따스한 온기가 손을 쓰다듬었다.

"네 손에서는 꽃향기가 나는구나."

노랫소리가 들렸다. 연화가 부르는 노래였다.

너는 나를 위해

꽃을 가꾸었나 봐

외로운 나를 위해

꽃향기를 품었나 봐

네가 기른 사랑 꽃이

시가 되어

내 심장을 꼭 껴안아

살, 포, 시~ ♪

몸은 따스한 온기를 머금고 서서히 아래로 내려갔고, 노래는 점점 커지며 하늘로 올라갔다. 발이 바닥에 닿자 주변 공기가 하늘로 치솟았다. 용오름은 땅에서 떨어져 하늘을 휘감았다. 쓰레기와 먹구름과 빗물이 거대한 태풍이 되어 하늘을 뒤덮었다. 굵은 비가 내렸지만, 머리 위에 떠 있는 우산 덕분에 나와 아기는 비를 맞지 않았다. 쓰레기 폭풍은 넓게 퍼져서 도시 위를 덮었다. 쓰레기는 검은 비가 되어 도시 곳곳으로 떨어졌다.

빗줄기가 점점 가늘어졌다. 비가 몸으로 떨어졌다. 우산이 흔들린 탓이었다. 아이를 안고 있어서 우산을 잡지 못했다. 그때 누가 우산을 잡았다. 사람 형상을 한 맑고 투명한 물이었다. 물은 점점 진해지더니 까만 머리카락에 살굿빛 살결을 한 사람으로 변했다.

"안녕!"

부기가 다 빠져 날씬한 연화가 나에게 맑은 웃음을 건넸다.

하늘은 푸르게 빛났고, 푸근한 꽃향기와 함께 하얀 꽃잎이 바람에 실려 와 아기 이마에 내려앉았다.

선물로 받은 날

며칠 동안 도시는 쓰레기로 몸살을 앓았다. 온갖 곳에 수북하게 쌓인 쓰레기를 치우느라 많은 사람이 고생했다. 과학자들은 토네이도가 우리나라 내륙 한복판에서 발생한 까닭을 설명하느라 애를 먹었다. 검은 수돗물은 하루가 지나자 맑아졌다. 시에서는 오염된 물이 낡은 상수도관으로 흘러들었다고 하면서, 상수도 개선을 위한 긴급 예산을 편성해 집행하겠다는 계획을 발표했다. 경찰은 한밤중에 도시 곳곳에 노래를 울려 퍼지게 만든 범인을 잡겠다며 수사단을 꾸렸다.

연화는 일요일까지 우리 집에서 보냈다. 엄마는 사연을 묻지도 않고, 연화가 편안하게 지내도록 배려했다. 일요일 밤, 연화는 떠나겠다며서 화장실로 들어갔다.

"엄마를 내가 직접 찾아볼 거야."

"어떻게 찾으려고?"

"모든 곳은 물로 연결되어 있잖아. 상수도, 하수도, 강물, 지하수, 비와 바다까지……. 돌아다니다 보면 엄마가 풍기는 기운이 느껴질 거야. 물론 살아 계신다면."

"너를 기억하지 못할지도 몰라."

"상관없어. 그냥 한번 보고 싶은 것뿐이니까. 만나면 내 노래를 들려줄 거야. 나는 그걸로 만족해."

연화가 수도꼭지를 틀었다.

"학교로 다시 올 생각은 없어?"

"당분간은 가출 청소년으로 남을래."

"언제든 와. 기다릴게."

연화 머리카락이 점점 투명해지더니 맑은 액체로 변했다. 몸뿐 아니라 옷과 가방, 심지어 주변 사물까지 액체가 되었다. 바닥까지 물렁물렁해져서 놀라 뒤로 물러났다. 액체가 된 연화는 내 몸을 한 바퀴 돌더니 수돗물과 하나가 되어 사라졌다. 액체가 되었던 바닥은 다시 고체로 돌아왔다.

"고마워."

연화 목소리가 은은하게 울렸다.

"내게 좋은 날을 선물해 줘서."

※ 달빛소녀 이야기는 3권으로 이어집니다.